我想遇見妳的人生

給女兒愛的書寫

楊照 著

目錄

之一 聽妳，說生命中重要的事

2

之二 不把妳寵壞，也希望妳懂

3

之三 因為妳，我不怕老去

4

之四 和妳一起，張望世界

5

之五　伴妳成長，為妳記得的幸福

推薦序

寫給女兒的情書

作家 **張大春**

楊照寫了一本書，這大約是近年來每個月都不稀奇的事。年過四十以後的楊照，幾乎在每一個他所接觸的領域上都能發表深入淺出而博覽覃思的意見，我幾乎已經養成了一個「所知不太妙，每事問楊照」的習慣。所以很多時候，我會不太清楚他的哪些主張原來出自他的哪一本書。

這一本卻相當特別——它是一本情書。楊照明目張膽地背著老婆和另一女孩傾吐心事、反思現實、韞抉記憶、期許未來；其多愁善感，迷惘惆悵，非墮入情網不能辦。繼《迷路的詩》之後，楊照再一次輕掩住他搏理擅辯的滔滔之論，娓娓向女兒述說自己。

這個女兒李其叡和我自己的一雙兒女也是青梅竹馬的友伴，兩家時時過從，近年來幾乎每週相聚，大約都是為了孩子能夠玩兒在一起的緣故。原本是三個步亦步、趨亦趨，幾乎同時開始學鋼琴的孩子，大約從上小學起，李其叡和我家兩個的距離便拉開了。不數年下來，雖然每週相見嬉遊打鬧依舊，可是在音樂演奏的表現上相較起來，李其叡與張容、張宜的差距，就像《莊子》書中藉顏淵之口所形容的那樣：「夫子奔逸絕塵，而回瞠若乎後矣。」

我也是在這段期間才發現：楊照除了閱讀勤勉、議論迭宕、萬般入耳即關心之外，也無時無刻不在細膩、綿纏地省視以及記錄著他這位獨生女兒時時刻刻的人生。書名《我想遇見妳的人生》——乍看有些奇怪：孩子的生命不就是你轉製出來的麼？過去十多年間的日日夜夜，你不都參與了這孩子生活裡的點點滴滴麼？你還想「遇見」甚麼？

停頓在這個語詞上，讓我們讀讀這一段文字：

球場裡的座位是不對號的，我最喜歡找父子一起來看球的，坐到他們身邊去。那樣的球迷爸爸都會在關鍵時刻，將他累積多年的看球經驗，傾倒給兒子。他會解釋投手剛才投的球路多麼刁鑽，會說打者握棒的方式顯示他預期投手會給什麼樣的球，會提醒外野內野防守者怎樣移動他們的位置。當然，他更會從記憶寶盒裡挖出自己看過最精采的球賽過程、畫面，還有多采多姿的統計數據。……我那時候就想：將來無論如何，我要跟我的小孩有一樣的興趣，可以那樣對他說著我的經驗、我的知識。（〈第三章・因為妳，我不怕老去〉）

這段引文的節略之處，有兩句尋常話值得丹黃標著：「球場上的叨叨絮絮，也必定會是兒子一生最寶貴、最溫暖的記憶。」我們所經歷過的生活、所掌握過的訊息、所流注灌溉過的情感，在時間巨力的催迫之下，非但不可停、不可逆，也似乎不能稍佇於寸心，古人以「白駒過隙」立喻，所說的豈只是時光飛逝而已？「白駒過隙」之嘆，所感慨的正是「錯身而不及遇」的失落。

我們這一代人的父母親大多話少，生養子女無論是教之以德、誨之以禮、授之以技、傳之以術，多屬「吉人詞寡」之類，據我在閒談間向身邊的友輩儕流打聽，絕大多數都不太知道自己的父母在青春年少之時具體而有細節的生命內容。那一輩的人，是不會將他們的心事情懷暴露得太多或太深的。若是放在文本的傳統看去，就連以給兒子寫家信而傳世的傅雷，或者是在病榻上不斷向女兒告白心緒的梁啟超，都沒有敞然交代自己生命瑣屑的用意。無論是藝術或政治，他們都在「大於一個人」的面向上標定了自己的位置。

可是，就楊照的體會和覺悟來說，事情不只是這樣。顯然，唯有「叨叨絮絮地述說」，才是「遇見」的真諦；唯其透過不斷地傾吐，既揭露著自己的青春身世，也辨認著女兒的成長軌跡。他的確如願和女兒有了「共同的興趣」，也的確能夠暢快地「對她說著我的經驗、我的知識」，然而尚有其它——

我記得，走在中山北路上，應該是秋天，風吹過來還不覺得冷，然而卻吹得地上的落葉翻飛騰走。我的小提琴老師說：「他們在對你說話，知道嗎？海頓、莫札特、貝多芬、帕格尼尼、韋尼奧夫斯基，你聽到他們在對你說話嗎？如果你了解他們在說什麼，你就知道怎樣演奏他們的音樂了。」（〈第二章・不把妳寵壞，也希望妳懂〉）

小提琴老師對楊照說這話的時候，楊照大約只有如今李其叡的年紀。也許她懵懵懂懂地能夠體會，她的父親除了曾經許願要和她分享的經驗和知識之外，還傳達了這篇文章裡提到的一個訊息，那就是小提琴對鋼琴宣示過：「我的一切，都是為了你！」

這樣的話，傅雷和梁啟超還不會表達。

推薦序

爹的無師傅？

陳浩
作家／博理基金會執行長

喜歡聽朋友講女兒的故事，特別是當父親的說的女兒故事。別有一番滋味在心頭。

不久前，和我一樣有倆女兒的好友W透露，老婆悄悄告訴他大女兒初經來潮的一剎那，那漢子眼淚奪眶而出，做媽的嚇了一跳，不解的問：「怎麼啦你？」一母性大約是天生，父職總是後學，做為女兒的父親，找不著師傅，困而學之的，一定不只我一人。

女兒，來自另一星球的生物，別樣的靈魂。從呱呱墜地，抱在懷裡，便驚慌失措，小小的蓓蕾，好生呵護，怎生將養？

打小嬰兒起，為她洗澡，有幾年歲月還可父女共浴玩耍，轉眼之間，你連做夢都想她還能吵著要鑽進你的被窩，她卻已經長成在大街上都不太願意跟你牽手的少女了。有愈來愈多的秘密，更多難猜的心事，她比你追求過的任何女生都複雜。這是從哪一天開始的？父親們坐在熟睡女兒的床前，有說不完的話，化為心裡的獨白？

比起我到今天仍然無法設防的驚慌失措，楊照這女兒的爹可是太有才了，靜好安穩，理性感性如絲如絮，娓娓道來和他那聰慧女兒的點點滴滴，有為有守，心心相映。這書稿我反覆讀了兩遍，愛不釋手。原來，我那做爹無師傅的理論竟要推翻的。我不免十分遺憾，這書為什麼不能早出十年？讓我還來得及學而知之。

楊照的書我從來愛讀，這本最得我心。

推薦序
樹立一種生命態度

陳之華
親子教育作家

我在各地演講分享之際，經常遇見不少人提問：「對於無法改變的環境，父母能夠怎麼做才好呢？」

一直以來，我總是這樣回答：或許環境相對保守而一時難以改變，但我們可以給予孩子更多元的歷練；當環境相對封閉時，我們可以給予孩子更寬廣的選擇；當環境已經過度競爭時，我們可以讓孩子看到更寬和、包容的視野……

我們永遠可以給予孩子的，就是多一點不一樣的養分，多啟發一些不一樣的價值觀。這絕對不是為了刻意追求不同，而故意彰顯出不同，反而是因為我們確實可以在生活中，為孩子樹立起另一種對於生命態度的「典範」。

這份「典範」，不是毫無情感的教條、大道理和非人性的空洞口號，而是一種身體力行的生活實踐，以及我們對於周遭人、事、物的敬重態度。

「典範」，不是永遠完美無缺、無懈可擊，而是在日常生活裡，讓孩子了解到我們的堅持、原則，以及樂於學習成長的態度。當孩子看到我們努力成為一個什麼樣的大人時，也會從中認識到生命的價值，學習到對自己生命負責與追求美好生活的勇氣。

楊照先生出版了各類型的許多好書，從去年的《如何做一個正直的人》，到今年上半年的《想樂》等，都呈現了他一貫的多元關懷寫作視角。這次又隨著他的女兒從小女孩轉向青少女，出版了這本寫給女兒的愛的書寫《我想遇見妳的人生》。

這本書，同樣有著楊照的正直信念、音樂觀點和人生價值，卻又承載了更多為人父親的角色、責任、努力、期許、情感、不捨、關懷與無盡的愛；而這應該正是楊照所想傳達的「典範」吧！

能推薦楊照的書，是我莫大的榮幸。除了因為我也有一位天蠍座的女兒之外，更因為他寫下了很多值得深深閱讀與思考的人生哲思啊！

推薦序
拋下身段去愛

李苑芳
貓頭鷹親子教育協會
秘書長

這本書乍看之下，好似一本記錄女兒生活成長的親子書；但在詳讀後，赫然發現，這是一個父親謙和地蹲在女兒面前，拋去所有的身段、威權，委婉地跟她談生命的價值和意義，雖道遠，卻沒有任重感，因為一言一語充滿了深情，充滿了愛。誠如作者所言：「有了另一個比自己更重要的對象，自己變得不那麼核心。」

印象中父親與孩子的互動，大多是朱自清的《背影》；可是，楊照卻勇敢地轉過身來面對孩子，把自己的缺點甚至弱點，毫不保留地攤在女兒面前，讓孩子能全盤看清，希望能藉由自己，幫助她了解人的複雜性和多樣性。如此祭出自我以求豐富孩子視野的父親，實在難得！

愛人，尤其是愛孩子，大部分的人都是任性地依著自己的好惡去愛，依著自己的需求去愛、去期待孩子。在這本書中，反而看到一個父親，提醒著自己要跟隨孩子的成長，適時調整自己的步伐，學會「將手一點一點從孩子身上拿開」，因為「如果一直用相同的方式對待孩子，原來有用的，很快就會變得無用，甚至有害了。」這是頗值得父母深思的地方。

推薦序

父親心底愛的呢喃

蔡淑媖
新北市書香文化推廣協會理事長

平常接觸很多媽媽，大家說著自己的小孩，分享親子間的故事，這些媽媽都在教養子女的過程中得到反省與成長，包括我自己在內。媽媽們也會談到另一半教養子女的方式，可是，在這群認真的媽媽口中，我總感覺爸爸只是個配角，也真的難得遇到大談教養經的父親。這本書大大滿足了我窺見一個父親心底對女兒的愛的呢喃，我相信很多父親都有同樣的心境，只是不知道如何表達。那就看這本書吧！把愛說出來的感覺很棒的！

自序

成長的不只是女兒

最早動念想的，是寫十二封長長的信，給女兒長大之後讀。

那時候，她才三歲多吧，當然不可能懂得我寫了甚麼。像是放進玻璃瓶子裡擲入海中的「瓶中書」，經過多年波濤浮沉，才到達初識歲月之岸的女兒手中，展讀發現在她小時候，爸爸曾經如此想像、期待過她的人生。

十二個主題都想好了，當然都是我自己在成長過程中累積出來的關懷，文字、閱讀、音樂、壯遊、古典、自然……幾封信快速寫完了，還有幾封開了頭擱在書桌上。

擱著也就擱著了。沒有多久我就失去了繼續寫這些信的動能，因為現實生活中和女兒的互動愈來愈多，相對地就愈來愈沒有理由去想起那站在歲月之岸或堅定或徬徨的未來女兒了。

一直到二〇〇八年，女兒三年級了，進入了很愛發問的時期，而且抱持一種堅持要得到答案的態度。常常她問了一個問題，我自然地反應：「啊，這妳不會懂啦！」她會說：「你講啊，我不懂也沒關係。」

她問的問題，很大一部分關係生活的意義。被她問多了，我也就慢慢養成習慣，即使她沒有問，遇到了有感觸的事，我會對她解釋起來，真的不管她聽得懂聽不懂。

當然她不會馬上就懂，於是我就提筆將這些有的對她說過、有的只在心中轉過的念頭記錄下來。前後記錄了三年，今年夏天她從小學畢業，為她而寫的生活筆記也有了一本書的分量。

徵得女兒同意，加上她媽媽幫忙想了書名，提供多年來陸續拍攝的照片，這本書就以我們三口首度家庭合作的形式完成了。我自己回頭讀了一次文字，發現裡面所談的，其實仍然不外是早先十二封信中的那些主題：文字、閱讀、音樂、壯遊、古典、自然……但在形式上，從原本的獨白，變成了互動記錄，添加了許多我一個人的寫作不會有的趣味。這是女兒的貢獻，也是女兒給我帶來的巨大影響。

原來，在這些年中，成長的不只是女兒……

之一

聽妳，說生命中重要的事

人的生命有什麼沒什麼，往往不是取決於我們去了哪裡、看了什麼，而在於去到看到時，我們的內在感官與記憶有多少準備。我只希望妳早早準備好。

為生命做好準備

那年的楓葉之旅，在妳記憶中只留下了與楓葉無關的事。

妳記得旅程的最後一天，被我從睡夢中叫醒，抱到小旅館的隔壁房間，有一位親切的伯伯，幫我們拍了照片。那是來自九州大分的一對夫妻，同住在南禪寺邊的小旅館，每天吃早餐時會遇見，客氣地聊上幾句。他們知道我們從臺灣來，他們覺得妳是他們看過最可愛的三歲小孩，所以在分手前，一定要幫妳拍張照片留念。現在那張照片，被細心放大後寄來的，就擺在書架上。

妳還記得妳總是不願意乖乖穿上那件藍底有小白圓點的外套，每次要妳穿外套妳就鬧。除此之外，就沒記得什麼了。

妳知道去高山的時候，有長長的石階，妳邁著小小的步子，堅決勇敢地自己爬了上去，沒有要我抱，路上的日本太太們看妳勤奮的樣子，都靠過來說：「加油！」這件事妳知道，但不是自己記得的，是聽我們說的。至於走了十幾二十個名勝，丰姿顏色多樣變化的楓葉，妳也是後來看相片才曉得的。

有趣的是，那回到京都，先在火車站邊的飯店住了一晚，第二天一早換去南禪寺邊風味獨特的小旅館時，搭了一輛計程車，計程車司機問起妳的年齡，聽說妳三歲，他回應：「日本有句諺語說：三歲時眼裡看見的東西，留到八十歲都不會忘！」

看來，諺語講的是期待，而不是事實吧！不只是妳，我對自己三歲時的事，也都沒什麼印象，我認識的人，也沒有幾個記得自己三歲時的事。還是說，要到八十歲，這些童年眼底的印記才會神秘神奇地復活，突然通通記得了？

大概不會有那麼好的事。人生殘酷的事實是：三歲那年妳雖然去了京都，看了楓葉，但妳的感官和妳的記憶還沒有準備好，所以楓葉美景來不及跟妳的生命發生具體深刻的關係。那年的京都、嵐山、高山、太原，妳去了，但這些地方卻沒有進入妳的生命，成為妳生命的一部分。

這件事一直在我心中，成為提醒、警惕。人的生命有什麼沒什麼，往往不是取決於我們去了哪裡、看了什麼，而在於去到看到時，我們的內在感官與記憶有多少準備。生命的豐富與否，與外在環境的關係，還不如跟自己內在準備來得密切。

很多人沒有準備好自己的眼睛，就算去到羅浮宮，也裝不進任何東西到自己的生命裡。很多人沒有準備好自己的耳朵，在音樂廳一樣聽音樂會，他就不會有感動，不會有愉悅，不會有音樂衝擊出來的體驗。很多人沒有準備好自己的心，他就無法感染別人的痛苦、別人的興奮、別人的快樂。活在這個世界裡，不同的人會和世界發生不同的關係。

我希望妳早早準備好，開放自己，讓世界的豐富，透過感官與想像，都變成妳生命中的豐富。

把妳舉得高高的，
希望妳能看得更多、
看得更清楚。

我希望妳能長成一個懂得愛，懂得藉由愛來擴張自我生命的人。
感染我們不一定能理解的快樂，
是我認為愛一個人最大的收穫。

快樂的豐沛可能性

那天，在去張容、張宜家的路上，妳突然在車後座說：「好希望這個時間停留下來喔！」那是妳覺得最美好的時光，期待著可以跟好朋友玩一下午一晚上。期待剛要實現，在妳眼前是還沒有消耗掉的完整快樂，真的到了他們家開始玩，時間就持續流逝，沒那麼美好了。

說老實話，我不是真的能體會妳跟朋友遊玩的快樂，你們三個人常常玩些無厘頭的遊戲，不小心玩一玩還會吵起架來。不過，我卻能清楚地感染妳的快樂，尤其是感染妳對於快樂時光的珍惜。

感染我們不一定能理解的快樂，是我認為愛一個人最大的收穫。愛讓我們擴大了自我，在意所愛的人，於是他的喜怒哀樂，同時就變成了我們的喜怒哀樂。

我從妳的成長過程中，學到最多的，正是快樂的豐沛可能性。我經常驚訝，妳那麼容易快樂，而且不管周圍其他人的情緒如何，總是慷慨地表現妳的快樂。我在妳的快樂裡，得到了本來不屬於我的快樂。

每一個人，每一個生命，必然有其限制。某些感覺會特別發達，也就有些感覺相對遲鈍。能夠敏銳快速地理解一些事，也就對其他一些事無能為力。於是，我們的快樂也就受到了同樣的限制。活在自己的框架中，只能從自己理解的事上面尋找快樂，有限的小框框之外，是別人的世界，我們迷濛探望，感到距離與疑惑。活在自己的框架中，眾多廣大的感受，我們也只能領略其中一小部分。

然而，有一種力量，輕易就將我們帶離小框框，那就是愛。愛是什麼？對我而言，愛就是感覺到所愛對象的快樂，比自己的快樂更重要，願意為了換取所愛對象的快樂，犧牲自己的快樂。說「犧牲」也不太對，應該是心甘情願選擇少掉自己原來的部分快樂，為了看到、為了感受所愛的人的快樂。

為什麼會心甘情願？因為划算啊！從你愛的人那裡感受到的快樂，會比自己原來的快樂更強烈啊！

妳的童稚快樂，本來我是沒有機會再感受的了，然而因為那快樂是妳的，因為我愛妳，於是已經離開我生命三、四十年的感覺，又回來了。我深深地感激，還好我能愛，還好有一個與我如此不同的生命出現在身邊讓我愛，我就奢侈地多得到了許多快樂；而且還能隨著妳長大的過程，不斷透過妳的眼睛、妳的身體，發現很不一樣的世界。

我當然希望妳能長成一個懂得愛，懂得藉由愛來擴張自我生命的人。那麼，妳除了擁有自己的生命經歷之外，可以靠著真誠的愛，無限地吸納別人的生命感受，那樣獲得的資產，絕對遠超過家庭、學校能夠給妳的一切。

感受自己的快樂，是小快樂；能夠感受別人的快樂，認同別人的快樂，願意奉獻追求別人的快樂，那才是大快樂吧！

去日本時，
妳自己選的木頭娃娃，
看著她，笑得好開心。

我希望妳能一直珍惜、愛護這種自我負責的快樂。
不是別人幫妳設計好的，而是妳第一次為自己的生活——
有趣或空洞，豐富或無聊——負責。

為自己生活負責的樂趣

開始放暑假那天，完成結業式後，我到學校接妳。快速看完妳的獎狀和成績單，我們開始討論暑假要幹嘛。妳確定了媽媽沒有幫妳安排什麼額外的課程，就興沖沖地自己做起計畫來。

妳自己說每天要練琴四小時，還要讀英文書，還要去游泳。我提醒妳，學校老師給的暑假作業中，另外要自由選一共八百頁的中文書來讀，還要寫三篇讀書心得報告。妳擺擺手說：「那有什麼難的？」

我又問妳，要不要早起跟我一起去走山散步？平常為了幫妳準備午餐便當，又要送妳上學，我六點鐘起床都還沒有足夠的時間利用早晨時光稍微運動一下。妳放假，我同樣六點起床，就會有一個小時以上多出來的空閒吧！

妳很快地把早起散步也列入暑期計畫中。起床先散步，回來吃早餐，然後練兩小時琴，中間休息兼閱讀，下午再練兩小時琴，這樣晚上去游泳，游完回家就睡覺了！

真美好的計畫。我微笑聽著，想起了我自己童年時期，暑假來臨時，感到最興奮的，不是可以睡懶覺、可以不用上課考試，而是可以自己做生活計畫。在妳這個年紀，我的暑期計畫比妳的還要熱鬧。我計畫五點半就起床，在家裡的樓梯間上下來回跑二十個樓層，然後進店裡幫爸爸整理做服裝需要的材料，賺零用錢。還要跟姊姊們輪流排值日生，一天洗米煮飯，一天掃地，一天倒垃圾，一天負責出門買麵包買冰。每天要有一段時間專門讀愛看、好看的書，另外一段時間讀困難、看不懂的書。每天要至少練一小時小提琴。剩下的時間，要上五樓頂樓對著牆壁練投球，要找同學騎車去探險。

我把自己的時間排得滿滿的，看著剛寫好的時間表（有時上面還畫圖），既高興又得意。再想想，其實不只放假，就算剛開學，我也會有同樣的快樂，花許多時間計畫自己新的學期要幹嘛，可以幹嘛。

做得太好太豐富的計畫，唯一的問題是——太不容易執行了！沒幾天就打了折扣，兩三個禮拜後，索性就把計畫丟到一邊，隨性混著過日子了。雖然每次都無法確實執行，卻還是一次又一次做計畫，樂此不疲。

我在妳的眼睛裡，看到同樣的快樂。我明白了，那快樂來自於想像、試探自己生活的可能性。不是別人幫妳設計好的，妳只須照著遵守的時刻表，而是妳為自己設想的，妳第一次為自己的生活——有趣或空洞，豐富或無聊——負責。

我希望妳能一直珍惜、愛護這種自我負責的快樂。沒想到，妳的負責態度超過我預期的，一個月過完了，妳竟然幾乎都照著計畫做，練琴、讀書、游泳，唯一沒有做的，唉，是早上跟爸爸去散步，因為爸爸沒有毅力繼續堅持執行啊！

人生本來就是這樣，交朋友、享受友誼常常是要付代價的。
我寧可妳在人生路途上，
將交朋友看得比討好老師、聽話當好學生更重要。

付代價都要交朋友

我喜歡看妳在游泳池裡的模樣。那麼小小一個身影，能夠靈活地在水中快速前進，還能自在地變化姿勢，從捷式變仰式，從仰式變蛙式，停下來時則輕鬆踩水。我小時候沒有機會好好學游泳，一直是個旱鴨子，對於妳在水中得到的自由，尤其是妳在池中傳出的快樂笑聲，格外有強烈感受。

連續幾年夏天，妳跟妳的好朋友一起上游泳課，從怕水、不敢下水，慢慢在小池裡學習水母漂、踩水，到搭著浮板打水，終於學會了怎麼抬頭換氣前進。接著興奮地換到大池，練習仰式和蛙式，一路通過了九級考核。

證書上剩下第十級。拿到第十級必須學會蝶泳，光看都覺得難。妳們耐心地先學蝶腳，再慢慢體會聳肩抬臂的時機，進度緩慢。我和媽媽其實也沒覺得妳非學會蝶泳不可，常常說：「學不會也沒關係。」考級時也說：「不容易過，不必勉強。」

或許是我們這樣的態度影響吧，今年夏天，妳們學蝶泳時顯得格外不認真、不專心。別人圍著教練在練習時，妳們兩個常常躲在一邊講悄悄話。教練要求的動作，妳們應付一次，就故意排到最後面去，能不做就不做。結果惹惱了教練。有一天，教練乾脆對妳們兩人完全視而不見，當做你們不存在，不叫妳們、不跟妳們說話，妳們挨到她旁邊跟她講話，她也都不理。

那天，我看在眼裡，下課後狠狠說了妳一頓。我最在意的，是妳們不懂得尊重別人，不能學著去體會教練的感受，而且兩個人拉成一個小圈圈，還會妨礙其他同學上課練習的氣氛。我曉得，被教練這樣對待，妳心裡也很不安，本來就有點後悔了。

下次上課，妳果然變得很認真很努力，不敢聊天、不敢偷懶，拚命游拚命學。可是妳的好朋友卻還是收拾不了吊兒郎當的態度，仍然對教練說的有一搭沒一搭地回應。結果，教練當然沒有消氣，就繼續用冷淡忽略的方式對待妳們。

下了課，我看到妳臉上有幾分委屈，也有幾分擔心我可能又要說妳了。妳不知道的是，我比妳更擔心、更拿不定主意到底該跟妳說什麼。妳已經做了妳該做的，卻沒有得到預期的改變。想了好久好久，我才終於想清楚，既然我自己年少時相信友誼、義氣，比什麼都重要，我今天當然沒有理由希望妳犧牲友誼去爭取老師的認可。

人生本來就是這樣，交朋友、享受友誼常常是要付代價的。然而，我寧可妳在人生路途上，將交朋友看得比討好老師、聽話當好學生更重要。所以，走向停車場，我開始跟妳說我小時候交過的各種朋友，也很誠實地回憶，我當年跟朋友們一起幹過的壞事。妳聽得樂不可支，一直笑一直笑。我相信妳的笑聲中，應該有著對於友誼的珍惜體會吧！

我希望妳對自己認為對的事，
可以稍微多一點堅持，別那麼輕易讓步。
不管有多少考量，有多少阻礙，總是該堅持將事情做對。

堅持將事情做對的精神

班上的聖誕同樂會，妳跟其他四位同學合作五重奏，鋼琴、小提琴、大提琴、單簧管和長笛，一起演奏當紅電影《海角七號》的主題曲〈一九四五那年〉。只有短暫幾次練習的機會，整體成果還不錯，只是結束的時候讓人覺得有些突兀。

我知道出了什麼問題——你們沒有照譜把曲子全部演奏完。按照譜上寫的，曲子最後本來有一段鋼琴獨奏，鋼琴要做出彷彿像風鈴般的輕響，讓主題旋律如同在記憶中叫喚出來般短暫重現，到此才結束。你們的演出，這一段鋼琴獨奏不見了。

事後我問妳：「為什麼沒有了那段鋼琴獨奏？」妳回答：「他們叫我不要彈，

因為那一段只有鋼琴，他們都沒事了，他們不想站在台上聽我一個人彈。」

我笑了：「所以妳就同意了？」妳有點委屈地說：「是啊，你自己教我要考慮別人的感受。他們不喜歡我彈那段結尾，我考慮他們的感受，所以就不彈了。」

「可是妳有沒有覺得那樣演奏的音樂怪怪的？」我忍不住再問。「有啊，好像沒有結束。我也覺得不太對。」「那妳認為台下聽的人會不會覺得不太對？」妳想了想，說：「應該也會吧！」

妳考慮了合作同學的感受，但沒有考慮到台下聽眾的感受。「從音樂上看，鋼琴獨奏應該是不能省略的吧？」妳點點頭，大概猜到了我接下來要說什麼，立刻又重複講了一次：「可是他們叫我不要彈。」

我明白。人生當中，我們經常要面對不同、甚至衝突的原則。音樂雖然重要，朋友也很重要，再加上不想太突顯自己，讓妳決定取消譜上寫得明明白白的鋼琴獨奏部分。我尊重妳的權衡考量，卻不能不提醒妳，在這過程中，妳其實是放棄了自我選擇，讓其他多數同學去做決定。在妳心底，妳不可能相信如此有頭沒尾的音樂是對的。

我希望妳對自己認為對的事，可以稍微多一點堅持，別那麼輕易讓步。照顧到了朋友的感受，妳還必須面對音樂，必須處理音樂上的問題，不能直接讓不對的音樂就這樣在台上呈現出來，不做任何補救努力。那樣，其實是馬虎逃避。

我希望妳能多想一點，能邀請同學們多想一點。不能用不同的心情，用欣賞的心情留住那段鋼琴獨奏嗎？不然，可以讓其他樂器在模仿風鈴的聲音過後，加進來一起帶著主題演奏到最後嗎？再不然，一定要省略鋼琴獨奏，那是不是可以讓前面那個段落的最後一小節漸慢得更誇張些，來鋪陳結尾的氣氛呢？

不管有多少考量，有多少阻礙，總是該堅持將事情做對。這個方法不行，換個方法，但是帶給大家對的、好的音樂的前提不該被犧牲掉，要不然也就失去演出的意義了，不是嗎？

我的老師念茲在茲要教我的，
就是在音樂前面，不能有一點點傲慢。
不只是音樂，面對所有文明的高貴、美好成果，我們都應該感到慶幸。

謙卑地面對巨大傳統

鋼琴家雅布隆絲卡雅來臺灣參加「二〇〇八鋼琴藝術節」，妳有機會去聽了她的大師班，她還撥了忙碌行程中的寶貴時間，開完記者會後幫妳上了一個小時的私人課。

並不是因為妳特別棒，而是因為妳的老師是雅布隆絲卡雅在美國茱莉亞學院的高材生，老師幫妳安排了這樣一堂課來鼓勵妳。

看得出來，上課時妳很緊張。還好，沒有因為太緊張而失常，就算沒辦法完全聽懂大師帶俄羅斯口音的英語，也都還能直覺感受到她要求妳做的調整，盡力做出來。

上完課，我問妳為什麼緊張？「因為她是老師的老師啊！」妳回答說。想了一下，妳又補充說：「她的老師的老師是李斯特，李斯特的老師是徹爾尼，徹爾尼的老師是貝多芬，貝多芬的老師是海頓。哇！」

妳很緊張，一個原因是，雅布隆絲卡雅讓妳真切感受到巨大的音樂傳統。從海頓下來，一個接一個，接到妳的老師，接到妳。本來覺得很遙遠，只活在樂譜裡的大人物，海頓、貝多芬、徹爾尼、李斯特，突然間，透過雅布隆絲卡雅，具體地串起來，串到最末端妳這個小女孩。

是的，妳能夠從指尖彈出這些美好的音樂，是了不起的成就，不是妳自己的成就，而是文明長期累積的難得成就。

小時候，我的小提琴老師常常突然問我：「你是誰？你憑什麼演奏這些曲子？」他的意思是，以我們個人的天分才能，絕對創造不出這麼美好的作品，甚至也沒有辦法找出如此流暢有效演奏的方法。依照我們個人天分，我們能聽到的音樂，照理講很簡單很粗糙很無聊，然而多麼幸運，我們不必被個人才氣限制，我們擁有巴哈、海頓、莫札特、貝多芬……這麼多天才寫的曲子，還有一代代小提琴家試驗發明的種種拉奏技巧，所以能聽到那麼多本來我們不配聽到的音樂，還能拉奏出本來我們不配拉出的音樂。

要懂得珍惜得來不易的結果。我的老師念茲在茲要教我的，就是在音樂前面，不能有一點點傲慢。不要以為音樂是受你控制，由你製造產生出來的，所以你是音樂的主人，你可以高於音樂。其實，不只是音樂，面對所有文明的高貴、美好成果，我們都應該感到慶幸——啊，我何德何能，竟能如此掌握宇宙的奧妙，竟能讀到這麼精妙的文學，竟能目睹色彩與形體交織的奇觀。因為這些文明成就，我才有機會超越自己，變成更廣大、更豐富的人。

我老師教我的，我也希望能教給妳，成為妳生命中同樣重要的自我警惕。很高興，至少在音樂上，妳已經能感受自己和那巨大傳統之間的關係，感受和那巨大傳統相比，自己的渺小，還有自己近乎不可思議的幸運，幸運地做一個能夠承襲領會從海頓、貝多芬以降的美好音樂的人。

哇，看妳多幸運，
小小年紀就有這麼多老師
在音樂上給過妳教導。

1 接受雅布隆絲卡雅的指導。
2 臺北市交所舉辦的葛拉夫曼大師班。
3 史坦威中心貝爾松教授大師班。
4 史坦威中心諸大明教授大師班。
5 在魏樂富老師課堂上。
6 實踐大學娜塔麗亞・特魯爾大師班。
7 在沈英良老師課堂上。
8 在蘇顯達老師課堂上。
9 與廖皎含老師（右）、江恬儀老師（左）合影。

3	2	1
6	5	4
9	8	7

我聽見妳生命裡浮現了不同的旋律主調，
在原有的女性敏感與秀氣之外，
妳或許也會有妳的英雄追求，會有妳的陽剛夢想。

馬尾飄飛的小小飆車手

宜蘭是個好地方，在那裡留下了許多妳的童年記憶。

以前走濱海公路，開車沿路看海景，鼻頭角停一下，石城停一下，大溪停一下，北關停一下，到宜蘭通常下午三、四點了。在員山吃份魚丸米粉當點心，繼續往山裡走。剛好是黃昏天色時，到達雙連埤。那兩片塘水映著天光，美得不像真的。塘裡還有人放養水鴨，可以近距離看見母鴨帶小鴨在水裡優游。過一會兒，幾隻大鴨突然飛起，在空中劃出一條柔美的線條，飛到靠近山的那邊去。

雙連埤是個珍貴的生態區，埤塘裡有沉積了幾百年沒有被擾動過的腐殖土。我們平常不敢也不願隨便跟別人介紹這樣一片難得美景，怕太多人去破壞了原有的生態。後來縣府進一步保育這塊地方，封閉可以靠近埤塘的小路，我們也就不再往那裡去了。

改去三星鄉吃卜肉，吃裝了滿滿肥蔥的蔥油餅。再進去一點，有一個面積很廣的公園，公園裡一大片空地，週末固定有人擺放了投幣式的電動三輪車。第一次去，妳就選了一台有著大前輪的車，前後輪高度差距大，行進起來會上上下下晃動。平常膽子不大，不怎麼敢冒險的妳，倒是對這樣的三輪車立刻熟悉上手。妳很專心地操控著其實還不小、速度還蠻快的車子，在一大片分隔道路上，瀟灑地加速前衝，突然急轉彎，一下左彎，馬上右彎。

妳的馬尾隨著激烈的車行方向，誇張地飛揚擺動，啊，真好看！我第一次發現，妳有瀟灑俐落、甚至接近英氣勃發的一面，跟平常的女孩子氣大不相同。每當投幣換來的時間到了，我都立刻遞上銅板給妳，不是我不愛惜那些錢，實在是太喜歡看妳騎在車上意興風發的模樣了。

妳在美國出生時，我們給妳取了很中性的中文名字，也選了同樣聽來很中性的英文名字。誠實地說，我很喜歡女兒，很喜歡女孩子氣的女生，可是我卻不希望以自己的喜好來假想妳的未來性格與發展。會那樣給妳取名字，就是希望給妳更大的空間，別被一般的男性女性概念先入為主地局限住了。不管很像女生的女兒，還是帶男孩子氣的女兒，都會是我最鍾愛的女兒。

到現在，我還是這樣好奇著妳可以有怎樣的多元面向。妳曾經抱怨過妳的名字不夠像女生，妳身上也有強烈的女孩個性；然而在宜蘭，假日下午的公園裡，妳一次次飛馳過我身邊，快樂地搖晃著綁得高高的馬尾，臉上充滿了享受速度與過彎刺激的表情，我聽見妳生命裡浮現了不同的旋律主調。在原有的女性敏感與秀氣之外，妳或許也會有妳的英雄追求，也會有妳的陽剛夢想。迎著風仰頭大笑的妳，果然不是什麼單純女性化名字可以定義的啊！

宜蘭夜市裡，
媽媽施出精巧拋擲功夫，
在套圈圈的攤上，
幫妳套到了這隻哆啦A夢。

我是個喜歡試驗自己極限的人，
也藉由這種挑戰，讓自己多一些原本不以為自己可以擁有的能力。
或許妳也會想想這個龐大挑戰，感受一種小小日常英雄的興奮。

挑戰一下
自我極限吧

老師告訴妳有一個機會，可以讓妳上台替一位臨時取消回臺演出的鋼琴家，演奏蕭邦的輪旋曲。妳斷然拒絕了，而且在我和媽媽試圖勸妳再想想時，激動地跟我們爭辯。

我完全理解妳的想法，說老實話，也很高興妳會有那麼明確的想法，不再是以前習慣的反應：「不曉得。」「都好啦！」……妳真的長大了。而且，我也當然要尊重妳的想法，因為那是妳的音樂，那是妳對待音樂的基本態度。到正式演出，只有二十天左右的時間，那是一首妳從來沒有練過的曲子，妳不相信自己能在那麼短時間內掌握那當然不簡單的音樂，雖然老師說既然是臨時代打，看譜彈奏也沒關係，妳卻堅持正式演出一定要背譜，覺得帶譜上台「很丟臉」。

「我都不能睡覺，不能吃飯，一直練一直練嗎？」激動起來，妳說出這樣誇張的話。聽到這樣的表達，我決定不再多說什麼，因為妳對於不能在台上呈現自己滿意音樂的擔憂，已經超過一切，那樣的情況下，妳聽不進其他的。

等妳心情平復了，我希望妳能聽聽我的解釋。媽媽和我，其實只有一個很簡單的想法，我們覺得這是個妳應該考慮的機會，不是因為那場演出可以帶來多大的光彩，不，我們沒有那麼虛榮。我們想的是：在如此特殊的情境下，也許妳會有興趣挑戰一下自己的極限。

我是個喜歡試驗自己極限的人。成長的過程中，我享受過許多這種挑戰帶來的樂趣，也藉由這種挑戰讓自己多一些原本不以為自己可以擁有的能力。小時候堅持不預先準備，不猜題背稿，去參加即席演講比賽，逼自己真正從抽出題目的那一刻才開始想，十分鐘後上台去講五分鐘的話。那十分鐘多麼可怕！感覺上腦袋一片空白，根本不曉得該怎麼想，只剩下「怎麼講、怎麼講」的焦慮問題連續反覆出現，但是十分鐘後，我強迫自己開口了。從此之後，我知道自己有能力可以一邊想一邊講，還能講出有條理、有內容的話。

我也曾經在博士資格考前，決定趕文學獎徵文截止期限，寫出一部十萬字以上的長篇小說。平均每天寫八千字，然後還要複習博士考的四大範圍。就這樣，小說寫完了，博士考也考過了，那種快樂，至今難忘。絕對和安排充分時間準備考試，另外慢慢寫完一本小說的感覺，大不相同。

絕對沒有要妳草率，更不可能要讓妳上台出糗。我要的，只是或許妳會想想這個龐大挑戰，感受一種小小日常英雄的興奮：「哇，也許我有機會做到這樣的事呢！」或許妳會在應對挑戰的過程中，重新認識、評估自己：「啊，原來我也可以用另外這種方式練琴、背譜！」或許妳會在完成這件事時，呼一口氣，對自己說：「嗯，這當然不是最好的，但我盡力了。」

妳能了解我這樣的想法嗎？

一個在幼稚園裡認真學習的小孩，
妳試著要把一朵花按照其部位拼起來。

學習過程是辛苦的，然而學習的結果，
卻給了妳不一樣的自由，進入一個優游玩耍音樂的獨特空間。
這是最值得珍惜的快樂。

學習帶來的自由

妳和妳的好朋友張宜，擠在他們家的鋼琴座椅上。一會兒，音樂傳來了，四隻手在鋼琴上一起彈出來的。妳們兩個人一邊笑，一邊嘰嘰咕咕談論了一下，接著一齊起身，妳換到左邊去，張宜在右邊。

音樂又出現了，一首沒有人聽過的曲子。妳彈出拍子明確的和絃，配合中音部類似琶音上上下下的流盪，張宜則彈起高音的旋律來。

彈了一段，妳對張宜說：「這次用F大調。」又彈一段，妳再度和張宜換位子。可是很快地音樂卡住了，妳跳起來，說：「不行，還是我彈低音。」又彈一段，妳把原來的大調和絃改成了小調和絃。

我坐在他們家的飯桌邊，一邊和其他大人聊天，一邊遠遠看妳們在鋼琴前的遊戲。我很驚訝，因為妳們正在創作即興音樂，而且妳們真的樂在其中。當然，更驚訝的，妳們的音樂有基本架構，滿好聽的。

回家路上，妳興奮地解釋：「張宜真的很會創作旋律呢！可是她的拍子不穩，而且和聲學得比較少，所以她不能管低音。剛好我也比較沒有旋律，因此我管低音她管高音，就剛剛好了。」

「妳們試了什麼調？」我問。

「C大調當然最簡單，都只用白鍵。後來換成F大調。」

「可是還有用到小調的。小調和絃不是比較難嗎？」我又問。

「那是因為我發現張宜做的旋律其實比較接近小調，就又換成a小調了。」

「這樣即興彈奏好玩嗎？」

「太好玩了，而且中間我們還會很有默契的交錯，她的手伸到低音這邊，我的手伸過高音去，音樂都還不會停呢！」妳很高興地說。

我也很高興。我看見妳嘗到了一種特別的快樂——源自於學習結果的快樂。妳和張宜都在音樂班受了基本的樂理訓練，也就都清楚明瞭調性的基本規則，很容易就可以商量好一定的調性，在那上面演奏出和諧的聲音，好聽的聲音鼓勵妳們繼續即興遊玩下去。那種即興，不是隨意在鋼琴上胡亂碰觸琴鍵，製造出不合拍不和諧的聲音。

我相信學習樂理時，妳們應該不會太快樂。沒有人天生懂樂理的，學習過程中需要理解，也需要背誦，二十四個大小調，各種從簡單到複雜的節拍，一點一點進入妳們腦袋裡。妳們付出了精神時間，突然，有一天，樂理從不知道要幹嘛的東西，變成妳們遊戲的基礎了！

這是最值得珍惜的快樂。不管妳有沒有意識到，這都是妳辛苦換來的快樂。學習過程是辛苦的，然而學習的結果，卻給了妳和張宜不一樣的自由，讓妳們藉由鋼琴琴聲，進入一個不曾那樣學習的人永遠到不了的境地，一個優游玩耍音樂的獨特空間。

我希望妳懂得用更好的方式處理不愉快。
在我看來，最糟糕的處理方式，就是遷怒、連累於音樂本身，
影響了妳對音樂的感受。

很不划算的反應

做了一個奇怪的夢。夢見遇到一個阿姨，她看見妳身上背著琴盒，就熱心地問起妳在拉什麼曲子：「拉過孟德爾頌的協奏曲嗎？」妳點點頭說：「去年拉了。現在在拉布魯赫的協奏曲。」

聽妳這麼說，阿姨竟然就拿出自己的琴，架了樂譜，拉起布魯赫的小提琴協奏曲來，拉得有模有樣，很有氣勢。阿姨拉完了，說該換妳拉。妳抗拒著，老大不情願，弄了半天才勉強拿出琴來，坐在椅子上拉出有氣沒力的琴音。我忍不住說：「這哪像布魯赫的音樂？請妳站起來吧！」沒想到妳非但不肯站起來，甚至還故意躺了下去，怪模怪樣地躺著拉琴。

然後我醒來了。意識到自己做了一個惡夢，張著眼睛想：做這樣的夢，有什麼道理嗎？

我大概知道惡夢的來源，來自於妳最近對待小提琴音樂的態度，讓我擔心不已。升上六年級之後，妳的副修從中提琴轉成了小提琴，這是本來就商量好的。這三年間，妳一邊學中提琴，一邊持續拉小提琴，就是因為不想放棄小提琴，按照學校規定，等到六年級可以有機會換主副修項目。

可是因為學校樂團裡小提琴部大家都是主修的，妳的副修身分難免吃虧。妳只能被分配在第二小提琴部，而且也當不了首席或副首席。從原本中提琴部副首席「降級」到第二小提琴部成員，對妳是個打擊。於是這幾個星期，妳參與樂團的興趣低了，甚至連練習小提琴拉奏的時間都減少了。

我很擔心這件事，所以做了惡夢。

很誠實地說，我一點都不在意妳的樂團位子，坐前面坐後面實在沒有什麼太大差別。想要突顯自我，想要讓人家聽到自己的音樂，妳並不缺乏獨奏表演的機會。樂團就不是獨奏。樂團的意義，甚至樂團的樂趣，應該是讓自己的聲音融入在群體的聲音裡，感動於自己和大家一起創造出美好的音樂。群體、群音才是重點，在那群體群音中，誰是首席誰不是，是多麼小的差別啊！

我能理解妳的不愉快，但我希望妳懂得用更好的方式處理不愉快。在我看來，最糟糕最糟糕的處理方式，就是遷怒、連累於音樂本身，影響了妳對音樂的感受。妳從來都不是為了樂團，所以持續練習小提琴的。如果只是為了學校樂團，妳早可以只拉中提琴就好了，那為什麼要因為樂團而改變妳練習拉奏小提琴的習慣呢？

小提琴音樂是妳自己的，不是為了老師，更不是為了樂團而拉的。減少練習，不太會影響到妳在樂團的表現，真正影響的，是妳如何理解、如何表現像布魯赫協奏曲這樣的音樂，那不是任何其他人的，只能是妳自己的。

為自己練習，為自己琢磨音樂，才是最快樂最有趣的，不是嗎？就算樂團的事真的讓妳那麼不舒服，幹嘛又連帶剝奪自己原本可以享受的音樂樂趣呢？這樣很不划算啊，不是嗎？

曾經考過不好的成績，
才真正了解自己到底如何看待成績，也才真正體驗到好成績的滋味。
付出考差了的代價，換來這樣的理解，我覺得還挺不錯的。

起起落落
好過一成不變

老師公布了你們上個月術科考試的成績，妳和再上一個月一樣，排在第四名。不過前五名當中，妳跟人家不太一樣。其他人都是一貫保持高分，所以名列前茅。妳的分數卻是高高低低，落差蠻大的。

一上車，妳就跟我說：「我的聽寫有考九十八分，也有考八十一分的。」我故意誇張地反應：「八十一分，這是什麼成績啊！」妳解釋說，因為那一次妳坐在角落，擴音機裡傳出來的音，聽起來很不習慣，所以考差了。

我注意到妳說話的語氣和情緒，裡面沒有遺憾、懊惱，反而有點興奮。我問妳：「為什麼別人都不會這樣起起落落，差那麼多？為什麼妳那麼不穩定？」

妳給我一個調皮的表情，沒有答話。我大概知道那是什麼意思。妳還蠻喜歡既考九十八分，也考八十一分的，這樣會比老是都考九十分有趣，甚至比每次都考九十五分有趣，是吧？

我想我了解這種感覺。因為我小時候也是這樣，很不喜歡、很受不了那些總是可以料想，總是按照規律規則發生的事。有些同學永遠考第一名，有些同學永遠最後一名，永遠第一名只比永遠最後一名少無聊一點點。

國中三年考試，我印象最深刻的，是國三第一次模擬考。那是全校一起考、一起排名的恐怖考試，考完第二天的下午才在穿堂布告欄貼出全部排名，從第一名一直排到最後一名。數學課上到一半，理化老師突然大剌剌走進教室，打斷我們導師上課，說：「你們班李明駿考全校第一！」全班都嚇了一跳，包括我們導師。一秒鐘之後，導師回過神來，對理化老師說：「你看錯了，五班有一個女生叫李明媛，二年級競試就考前十名，是李明媛啦！」理化老師愣了一下，自己也不確定了，摸摸頭說：「會看錯嗎？我再去看一次。」班上兩個同學已經先搶在理化老師前面出去了，幾分鐘後，他們用跑的回來，還沒到教室就大喊：「真的是李明駿！真的是李明駿！」

全班大騷動，因為誰也沒想到會是我。因為我國二時成績並不好，勉強才分進升學班的。大家腦袋裡有可能會考第一名的人選，都不會是我。

那樣得到的第一名，才有意思。曾經考過不好的成績，才真正了解自己到底如何看待成績，也才真正體驗到好成績的滋味。我自己是如此上上下下激盪經驗過的，並且記得那種激盪帶來的強烈感受，所以我想我知道妳對那個八十一分為什麼會那樣反應。

有點變化，有點戲劇性起伏，比一成不變好，即使那一成不變是高分成績。付出考差了的代價，換來這樣的理解，我覺得還挺不錯的。

妳自己動手做的小雞。
有一陣子，
妳最愛在紙上信手畫
各種姿態的小雞。

妳已經有了明確的直覺，為自己做決定，快速衡量不同的危機因素，
更重要的，從摔跤到站起來到重新回到坡頂和同伴會合，
始終維持著快樂享受的笑容。

雪地上的第一跤

妳生平第一次滑雪，當然，也就有了第一次在雪地上跌個四腳朝天的經驗。

那是在日本的藏王，一個了不起的風雪之鄉。早上，我們先搭纜車去看大自然的奇景——樹冰。從西伯利亞南下的冷空氣，遭逢日本海飄上的大量水氣，在地藏王山上大量降雪，配合特殊的風力帶動，在海拔一千五百公尺左右高度，所有的樹都被白雪纏捲覆滿，包成一根根超級大雪糕的模樣，壯麗極了。

這樣的條件，除了創造出樹冰奇觀之外，也就讓藏王這地方從山上到山下，可以有多達四十六條坡度難度不一的滑雪道。下午，媽媽想盡辦法，終於找到了一個教練，可以撥出兩小時時間，教你們三個小孩初步的滑雪技巧。

穿上雪靴，接著學習如何套上滑雪板，學習在平地簡單地移動後，教練把你們帶到一個小坡上，示範給你們看應該如何控制滑雪板的角度。妳站在最前面。突然，妳開始朝下坡滑動，滑了一小段，妳身體一歪，啊，跌了一大跤！

我很快就趕過去，把妳扶起來，因為早就料定了學滑雪沒有不摔跤的，而且自己以前學滑雪的經驗讓我知道：在雪地上，跌倒容易，跌了也不會怎樣，但是穿著雪靴雪板，跌倒了可沒那麼容易起得來。

上完課，學會了基本的一點滑雪本事，我問妳第一次摔跤的感覺。讓我驚訝的，妳回答的第一句話竟然是：「是我自己要摔的。」我還以為妳是愛面子才這樣解釋，狐疑地反應：「真的嗎？」

妳告訴我，其實那時教練還在講解，妳很專心地看教練如何動滑雪板，沒想到腳下稍微一動，人竟然就開始往下滑了。妳不曉得該怎麼辦，只覺得下滑的速度愈來愈快，別說停下來，連要減速都沒辦法，於是只好讓自己摔跤，因為摔倒了就能停下來。

「可是妳不怕摔跤會痛嗎？」我問。「總比一直滑下去，不知道會滑到哪裡去，不知道要撞到什麼東西好吧！」妳回答。

原來如此。好幾件事是我原本沒有想到的。沒有想到妳不是失控、失去平衡跌倒的，沒有想到在那短短幾秒間妳感受了這麼多，沒有想到妳會選擇摔跤來避免更大的未知恐懼。

「我們就在旁邊，妳會滑到哪裡去？妳就沒想到我會過去把妳拉住嗎？」我補問一句。妳看了我一眼，很誠實地說：「那個滑下來的速度很快欸，哪裡想得到你會來拉我，還不如自己摔倒。」

唉，原來如此。聽到妳的回答，我心裡當然不會沒有一點點遺憾與失落，不過更多的，是安慰與安心：妳已經有了明確的直覺，為自己做決定，快速衡量不同的危機因素，更重要的，從摔跤到站起來到重新回到坡頂和同伴會合，始終維持著快樂享受的笑容。

啊，跌倒了，
旁邊是好心過去扶妳的教練。

我還是擔心妳溼溼的頭髮，不過我決定讓步，
畢竟這是妳生命經驗中前所未有的雪景，
妳此刻看到的一切，將留在記憶中陪伴妳很久。

雪夜中 不願戴上帽子的女孩

去日本旅行那麼多次，還是頭一回碰到火車延遲誤點。那是東北新幹線，就在我們要下車的大石田前一站，火車突然不動了。車上其他乘客都老神在在，沒有任何特殊反應，顯然他們都有心理準備，在這樣的風雪季節裡，就連新幹線都不可能抗拒天候，維持準點。

慢了半個多小時抵達大石田，風雪中趕緊跳上旅館派來的車，出發前往銀山溫泉。車燈照出去，能夠看到的，只有前方一小段窄窄的路，被兩邊堆得幾乎有一層樓高的雪包圍住了。路兩旁的房子，都埋在雪中，勉強才看得出一點房子的模樣。

後來我們知道，山形縣這一帶，竟然連下了將近一個月的雪。銀山溫泉整條街，當然都覆蓋在皚皚白雪中。有溫泉注入的河川流水淙淙，但是稍往下游一點，水溫下降，河上就結了一層冰，陸陸續續降下的雪層層覆蓋在冰上，夜裡看出去，簡直像是河上臥著一條純白、朝未知遠方迤邐延長的巨龍。

我幫妳和張宜拍了一張照片，妳們站在路邊比人還高的雪堆前，將手長長地伸進雪堆中，變成了兩個沒有手的人。拍照時我發現，妳的頭上沒有戴上帽子，雪花一片片落在妳濃黑的頭髮上。放下鏡頭，很自然地就走過去，幫妳將雪衣後面的帽子拉上。

沒想到，妳立刻將帽子拉了下來。我跟妳解釋：這樣是不行的，雪落下來在頭上，會被體溫溶化，就變成水，弄溼妳的頭髮，一不小心妳就感冒生病了。在我堅持下，妳不情不願地戴回帽子，遮住後腦杓。我不放心，又動手將帽子再拉前幾公分。

往前走，隱約看到前面覆雪的山坡，彷彿連夜空都被反映的雪色照亮，美極了。讚嘆欣賞著，一回頭，又看到妳的頭髮，以及髮上的雪花。我急了，叫妳：「帽子戴上！」妳好像沒聽到，我只好靠過去拉妳的帽子。過了兩分鐘，咦，怎麼帽子又不在妳頭上了呢？

毫無疑問，妳故意把帽子拉下來的。我不想一直重複這種拉鋸動作了，板起臉來問妳：「妳為什麼就是不戴帽子？已經跟妳說頭髮會溼掉！」妳帶點不耐煩地回答：「帽子拉起來就什麼都看不到了啊！為什麼到這麼漂亮的地方，我卻得要兩邊都被遮住看不到？」

我先是反應：「妳不能轉頭嗎？轉頭不就看得見了？」可是講完這話，我就放棄再管妳戴帽子了。我了解妳的心情，面對這樣特殊、沒有經驗過的山林白雪夜色，妳想要感受那奇觀的全幅視覺衝擊，於是就分外不能忍受會限制兩邊視野的帽子了。

我還是擔心妳溼溼的頭髮，不過我決定讓步，畢竟這是妳生命經驗中前所未有的雪景，妳的所有感官正為這雪景開放，妳此刻看到的一切，很可能會留在記憶中，陪伴妳二十年、三十年，甚至更久。為了這樣的經驗印象，冒一點溼頭髮暴露在冷風中的危險，應該是值得的吧！

妳站在銀山溫泉橋上，
後面是壯觀的雪景，
雪衣的帽子——當然沒有戴上。

妳說，還好老師罵妳，同學不會懷疑老師偏心，
這樣對老師比較好，妳也比較不會有壓力。
妳真的已經不是用一種小孩子氣天真、直接的方法在看待事情了。

偏心的限度

妳上學遲到，超過八點才進教室，是全班最後一個到的，而且已經連續幾天遲到了。

從小我們就不太管妳的上學時間。妳念的是音樂班，家裡離學校挺遠的，上學一趟車程就要半小時，我真的寧可讓妳多一點睡眠時間。五年級之前，是我管妳幾點起床，我都會拖晚一點才叫妳，後來妳自己設鬧鐘，自己起床，就比較沒有那麼常遲到了。

不過這學期一開始，妳自己的鬧鐘好像突然失效了。鬧了一次，妳沒起來；鬧了第二次，妳還是不起來。我只好去把妳拉起來，就算醒了，妳的動作也明顯比以往慢得多，怎麼能不遲到？

我很清楚這種變化的來源。一來因為換樂部的關係，妳對樂團的重視大幅降低，失去了早一點到校參加樂團排練的動機；二來學校的音樂導師，體諒你們這學期要準備國中音樂班考試，決定不要對你們那麼嚴格。妳其實何嘗不想賴床，是怕被老師罵，才起得早的。這下好了，老師不罵，妳當然就鬆懈了。

可是今天不一樣。忍耐了好幾天，老師受不了了，看到妳進教室就爆發了，給妳一頓好罵。放學時，妳迫不及待跟我提醒，明天一定要早一點把妳挖起來，絕對不能再遲到。

我問：「老師在班上同學面前罵妳？」妳點點頭。我擔心地再問：「會覺得很難過嗎？」妳搖搖頭。我一則放心一則驚訝，又問：「妳不在乎老師罵妳？」

「怎麼可能不在乎！」是妳的回答。

那我就不懂了，在乎卻不難過？妳做了一個「你怎麼會不懂」的誇張表情，然後才解釋給我聽。還好老師罵妳，因為很多同學已經覺得老師偏心疼妳，不時會稱讚妳，還指定妳當合唱伴奏，如果連續好幾天遲到老師也都不罵，一定又有人往這個方向去猜去想了。

老師罵妳，而且還罵得很凶，反而讓妳安心。「這樣都不罵，不是太奇怪了嗎？」妳強調地說。老師罵了，同學不會懷疑老師偏心，這樣對老師比較好，妳也比較不會有壓力。

原來妳心中轉的是這樣的念頭啊！說老實話，做爸爸的還真的想不到那裡去，聽妳說了，油然有一種欣慰的感覺，妳真的已經不是用一種小孩子氣天真、直接的方法在看待事情了。

我忍不住偷偷追問一句：「可是，妳真的不希望老師偏心疼妳嗎？」妳又給我一個「你怎麼會不懂」的誇張表情，然後才回答：「偏心也不能偏心到讓別的同學受不了啊！」

這還真是個滿不錯的標準。

謝謝妳總是選擇重要的事告訴我們，
即使那是妳嘗到的失敗、挫折，或是妳受到的委屈。
做為妳的父母，希望我們一直都是聽妳說生命中重要事情的人。

聽妳說生命中重要的事

在學校發生的事，妳當然不會每件都告訴父母，但什麼講，什麼不講呢？

那天聊一聊，妳講了一件我從來不知道的事。上英文課時，老師會要你們分組用演戲的方式，將課文的情境表現出來，而你們那一組，幾乎總是得第一名。

「為什麼你們比別人好？」我問。「因為我很會演啊！……我們那組其他人也比較會演啦！」妳忍不住有點小得意。「妳怎樣會演？」我追問。

例如說，有一課的情境是發現東西被偷了，要找小偷。別人都照著課文平平地唸，妳卻會用很誇張的聲音說：「Where is my pen?!」接著抓頭髮大叫：「My pen is stolen!」看到妳演，大家都會笑出來，所以就被評為最高分了。

聽妳這樣講，我真的很疑惑。一個疑惑是：「為什麼我從來不知道這件事？為什麼妳都沒有講過？」妳的回答是：「這有什麼好講的？我不會想到要特別跟你講，就剛好沒有講了。」

好吧，雖然這樣的回答等於沒有回答。我再問另一個疑惑：「妳為什麼那麼會演？從哪裡學來的呢？」這次妳真的沒有答案了，搖搖頭說：「我也不知道，這很簡單啊，好像不需要特別去學吧！」

接著，妳又說了一件嚇我一跳的事：班上其他人都覺得要假裝流淚哭泣很困難，可是不曉得為什麼，妳很容易想流淚就可以流淚，對妳也是不需要學的，一點都不難。

平常時候，妳根本不哭。即使遇到再大的挫折，妳有很強的自尊不讓自己哭，就連躲著哭的情況都幾乎沒發生過。我還真不曉得，也真難想像妳這樣個性的小孩，竟然可以輕易地演出悲傷哭泣的模樣。

我只能得到這樣的結論：「看來，妳很有演戲的天分呢！我和妳媽媽都沒有這方面的才能，所以，妳的天分或許跟星座有關了？」妳聳聳肩說：「我怎麼會知道！」

「那妳會希望長大以後變成一個演員嗎？妳應該有機會變成很優秀的演員的。」我問。沒等我問題說完，妳就非常堅決地搖頭了。「為什麼不？」我又問。

「因為太簡單了！跟音樂相比，演戲根本不需要太多努力，我幹嘛要去做這麼簡單的事！」妳沒有多想，就給了斬釘截鐵的答案。

也許妳該多想想，也許演戲並不如妳想像的那麼簡單，不過我還是很高興妳這樣的態度——要做就做難的才有意思。同時我也就大概明白了，為什麼妳不會特別跟我講英文課發生的事，因為那樣的稱讚得來太容易，沒有經過什麼努力，對妳也就不會是什麼值得放在心上、重要的事了。

謝謝妳總是選擇重要的事告訴我們，即使那是妳嘗到的失敗、挫折，或是妳所受到的委屈。更希望，做為妳的父母，我們會一直都是聽到妳說生命中重要事情的人。

不把妳寵壞，也希望妳懂

地理老師放散熱忱，她的課永遠有講不完的內容；
園藝老師有一種真正的包容，永遠笑咪咪地應付我們的胡鬧。
我是這樣學懂了怎樣的人會被人喜歡的。

我喜歡的老師

妳很困惑，為什麼有些人令人喜歡，有些人惹人討厭？喜歡或討厭，有道理嗎？長的漂亮，比較容易讓人喜歡嗎？

我想起國二那一年，學校其他班級有不少同學羨慕我們班。不管是學科或秩序整潔比賽，我們班通常都落在最後，但不曉得校方怎麼安排的，我們班卻有兩位全校最年輕最漂亮的老師。

一位教英文，一位教理化。一個畢業了四、五年吧，一個才剛從大學出來立即分發到我們學校。兩人教的都是主科，剛畢業的還是我們班導，跟我們相處的時間多得很。

英文老師很漂亮，但打人打得很凶。她上課時總是歪靠在講桌邊，一隻手拿課本，一隻手吊晃著藤條，臉上的表情讓我們很清楚她有多麼不耐煩教我們。老實說，我從來沒有喜歡過她。

班導兼理化老師很漂亮，而且心很軟。她拚命裝出凶巴巴的樣子，可是打人打一打，會自己忍不住哭起來。照理說我應該喜歡她，因為她還對我特別好。她曾經把我找到教師休息室，給我一堆基督教團契的傳教資料，希望我體認生命的珍貴，別再浪費生命跟一些「壞學生」亂混。她還把那些「壞學生」找去，叫他們要踢足球吃冰遊蕩別再找我去，她認定我跟他們是不一樣的。

她那麼努力想幫我，但我也從來沒有喜歡過她。她心目中的那些「壞學生」，是我最要好的朋友，她明白地看不起他們，也就等於看不起我。她想把我跟他們隔離開的做法，讓我痛苦不堪。我寧可做一個有朋友講義氣的「壞學生」，絕對不要當孤孤單單的「乖學生」。

在我們班，最受歡迎也最受尊重的，不是這兩位漂亮老師，反而是兩位外貌平庸不起眼的女老師。一位是地理老師，她的課永遠有講不完的內容。那時候，教的是我們誰也沒去過、也沒機會去過的中國地理，華南華中華北，可是這位也沒去過大陸的老師，自己找了各式各樣的回憶資料，告訴我們各省名勝、風俗、民間故事。講課時她眼睛發亮，恨不得把所知道的一切倒給我們。在她身上，我第一次感受到什麼叫做熱忱，以及熱忱放散時有多迷人。

另一位是園藝老師，她永遠有耐心地、笑咪咪地應付我們的胡鬧。她從來不生氣，從來不吼叫，只會用閩南語說：「別這樣，這樣不好。」她的態度裡，有一種真正的包容。她一點都不討厭我們鬧她，甚至從我們鬧她的言行中感到特別的樂趣。她跟我們站在同一邊，不贊成僵化的學校學習，但要我們學習如何在課堂上還是表現一定的自制與體貼。

很快地，我們也真的懂得了怎麼體貼老師的為難，學到了胡鬧要有胡鬧的分寸。只要她說：「別這樣。」就乖乖停止。老師對我們有義氣，我們怎能對老師沒有義氣呢？

我是這樣學懂了怎樣的人會被人喜歡的。

疼愛與寵壞，常常就只有那麼細微的分界。
不把妳寵壞，是我做爸爸最基本的責任，是對妳的責任，
也是對將來要跟妳相處的人的責任。

做爸爸最基本的責任

家裡養的第一隻貓，是我大學時候從街上撿回來的。剛出生不久的小貓躲在乾乾的水溝裡，一直叫一直叫，叫聲跟牠小小的身形完全不成比例。我買了一盒牛奶，把牠從水溝裡抱出來，牠喝了幾口牛奶，停下來，抬頭看看我，繼續一直叫一直叫。

我只好把牠放進背袋中帶回家，想說偷偷先照顧幾天，再找同學朋友收養。沒想到一回家就發現牠在我的袋子裡拉肚子，我袋裡的書全完了。更糟的是，牠拉肚子拉到脫肛了。這下沒辦法，只能告訴媽媽，跟媽媽要帶小貓去看獸醫的錢。

我再三承諾，不會把牠留在家裡，醫好了就送別人。

我真的積極央了朋友願意收留小貓。而且還不止一個，連續找了三個。可是也不知道為什麼那樣巧，每找到一個，我就在街上或校園中碰到別隻楚楚可憐的小流浪貓。結果，三位朋友都養了小貓，原來那隻貓卻還在我家裡。

這段過程中，慢慢地爸媽也習慣了小貓在家裡。剛好爸媽的事業有了重大轉變，生意暫時休息，常常在家，反而他們和小貓相處的時間比我還多。很快地，餵養小貓，幫忙準備貓砂的事，就換成爸媽接手了。那個時代還不容易買到化學貓砂，爸爸要提著麻袋到附近工地去挖工程用的砂，帶回來曬乾再給貓用。媽媽更誇張，每天煮新鮮的魚和雞肝給貓吃。

小貓慢慢長大，沒有新鮮的魚或雞肝就寧可不吃。媽媽試過在魚肉中拌一點點飯，小貓聞聞嗅嗅就走開了，一整天都沒再靠近食盆。媽媽投降了，換上純粹都是魚肉的另一盤，小貓才進食。

我忍不住跟媽媽說：「妳把貓寵壞了！」媽媽回我一句：「難得有貓可以寵，寵壞了又怎麼樣？不像小孩，寵壞了就麻煩，不但害自己還會害人。」

妳成長的過程中，我媽媽、妳阿嬤說的這句話，隨時在我心頭。不把妳寵壞，是我做爸爸最基本的責任，是對妳的責任，也是對將來要跟妳相處的人的責任。誠實地說，這份責任很重，也很難。疼愛與寵壞，常常就只有那麼細微的分界，我怎麼可能裝得出對妳嚴厲嚴苛的態度呢？我真的了解了，媽媽當年可以那樣寵小貓的輕鬆心情！

如何疼妳而不寵妳？多年思考、試驗，最有效的方法是明確告訴妳，什麼是我認為被寵壞的小孩會有的行為，然後每隔一段時間就問妳：「我是不是把妳寵壞了？」我發現妳會認真對待這個問題，也會認真、具體地回答我：「沒有吧！我並沒有……」

希望妳會在這樣的過程中，養成習慣也承擔一點責任，看好自己，別讓自己被我給寵壞了！

我深深地感激，
還好有一個與我如此不同的生命出現在身邊讓我愛，
我就奢侈地多得到了許多快樂。

我今天要教妳、告訴妳的任何原則，都應該從未來的角度仔細思考。
等妳長大了，妳自然會用同樣這套原則來看待我。
妳會是我未來生命中最重要的監督者。

為了一個正直的未來

上學期，自然科考試有一題問：「從燒熱的壺嘴裡冒出來的白煙，是水蒸氣還是小水滴？」妳依照課本上說的，判斷水蒸氣應該是無色的，遇冷成為水滴才會變白色，選了「小水滴」做答案。發下考卷，卻發現老師的解答是「水蒸氣」。幾位同學拿著課本去跟老師討論，老師都還堅持就是「水蒸氣」。

妳回來問我，我覺得這再明白不過，就是「小水滴」，應該是老師想錯了。我必須讓妳了解，就算一個老師，尤其一個主管妳分數的老師，把「小水滴」弄成「水蒸氣」，妳都該保持正確的觀念，別為了討好老師而接受妳明知道是錯誤的答案。

想了想，妳問我：「那如果下次再考這一題，我還是要回答『小水滴』嗎？」我說：「當然！」「可是那樣又會被打叉，又會因為這一題得不到滿分。」妳說。「可是知道對的答案，堅持對的答案，比分數重要。」我說。

想了想，妳又問：「既然我已經知道正確答案了，可不可以寫『水蒸氣』？我不會搞混。可是如果別人寫『水蒸氣』，明明他們錯卻得到滿分，我反而得不到，那不公平！」

眼前浮上妳假設的狀況，想像妳心中應該會有的委屈，我差點衝動地說：「那也好，只要妳知道那不是真正對的答案。」可是在話出口的瞬間，我猶豫了，腦中閃過好幾個其他影像與念頭，過了好幾秒，才說：「我還是覺得這樣不好。我不希望妳養成習慣，為了分數去選明明知道是錯誤的答案。」

那幾秒中，我彷彿看到妳長大了，大到懂得社會上許多複雜的事，也就大到可以跟我討論我所行所為所做的決定。我彷彿看到那麼一個場景，長大後的妳站在我身邊，我們不知在討論什麼樣的事情，妳嚴肅堅決地告訴我：「爸比，我覺得不可以這樣！」我問：「為什麼？」妳說：「因為你以前不是這樣教我的！」

那當下，我明瞭了一件事。我今天要教妳、告訴妳的任何原則，都應該從未來的角度仔細思考。我沒有道理講不想要妳相信的原則，而一旦妳接受了、相信了我所說的原則，那麼未來等妳長大了，妳自然會用同樣這套原則來看待我、評斷我所做的事。妳會是我未來生命中最重要的監督者。

在將來，我希望當我有一絲一毫疑惑，不曉得自己該不該講明知不對的事，去換取或大或小的肯定或利益時，妳會明快地告訴我：「不可以！」為了這樣的未來，現在的我當然就不能讓步，同意妳用明知不對的答案去換取分數。為了一個正直的未來，而且是我們共同的正直未來，我必須告訴妳，就算會因此失去滿分機會，妳還是該堅持「小水滴」。

把小孩教好，給他們強烈的正直道德原則，
是幫助自己對抗老化最好的準備。
當我們遺忘理想夢想時，能回過頭來保護我們，不至於被時間侵蝕。

養兒防老

以前的人說「養兒防老」，是跟「積穀防饑」擺在一起講的。從這樣的對句裡，我們清楚話中的意思。就像收成了之後把部分的穀子存積起來，以備荒年不時之需一樣，養小孩也是一種儲蓄，現在放進去了心力時間，把他們養大，等到自己老了，體力活力日益衰退，成人的兒女就可以供養我們。

這種「養兒防老」的傳統意義，顯然在快速改變中。家庭結構改變，小孩愈生愈少，老來要依賴兒女提供生計保障的機會，也就愈來愈薄弱。社會因應而有了各式各樣集體保障的機制：退休金制度、年金制度、到處林立的老人安養中心，都是提供可以不必依靠兒女來度過老年的機制。

不過，最近看到社會上發生的種種騷亂，讓我對於「養兒防老」有了一些新的領悟。

「老」是什麼？在體能體力衰退之前，從我多年認識的人身上，我看到另外的變化。那就是：原本年輕時代的理想與夢想褪色了，現實與世俗的考量在生命中愈來愈重要，關於品格與原則的堅持也就一天天地鬆弛了。

隨著年齡的增長，人必然跟社會發生愈來愈複雜的關係，不再能保持那麼單純、天真的視野。隨著年齡的增長，人的欲望，還有與周遭其他人競爭的衝動，都會提高，看到聽到感受到的誘惑，也會不斷增加。「老」讓我們走在各種行為的抉擇間，不再理所當然做個正直的人。可是，不正不直的事，或許會帶來眼前的滿足，而後面卻是可以毀掉一切的陰暗。

靠自己的信念與修養來抗拒這種老化，很辛苦。在維持正直生活上，我們其實很需要幫助，尤其是來自更年輕生命的提醒幫助。

我理解到，把小孩教好，給他們強烈的正直道德原則，是幫助自己對抗老化最好的準備。我們慢慢步入中年，小孩也慢慢成人，當我們進入受到最多現實誘惑的年代，多麼美妙地，我們的小孩也剛好長成充滿了熱情理想的年輕人。他們心底沒有那麼多黑暗的欲望，沒有那麼複雜的關係考量，他們還相信原則，還相信為了理想獻身的夢。

「養兒防老」，因為小孩可以保存我們年輕時的理想夢想。當我們遺忘理想夢想時，對我們提醒：「你們以前不是這樣教我的！」當我們可能動搖，可能受到誘惑走上不正直的路時，對我們抗議：「不可以這樣！」年輕的小孩，回過頭來保護我們，不至於被時間侵蝕，遺忘遺失了自我，做出讓自己和別人覺得遺憾的事。

要如此「養兒防老」。我明白了，我必須盡全力在這個時候保護妳構築夢想的力量與堅持理想的勇氣，這樣有一天需要時，會換成妳來保護我維持夢想與理想的年輕動能，光明正大地走向生命的黃昏。

我希望讓妳看到、讓妳感受，
我跟這群喜愛文學的朋友聚在一起時的快樂與滿足。
也真心期待，妳長大後願意伸出長長的手臂，拉住擁有相同熱情的人。

活在熱情的人群中

那時，妳一歲九個月，我第一次帶妳去文藝營。在高雄的中山大學，上完最後一堂散文班導師課，應學員要求，我把妳抱到課堂上，好多人爭相過來合照。當然，每個人都用興奮的語氣對我稱讚：「你女兒好可愛！」

做爸爸的榮光，好吧，做爸爸的虛榮，就算分不清楚人家的讚美是真心還是客套，都忍不住高興。然而，絕對不是因為這樣的虛榮，讓我在後來幾年中，每年暑假都帶著妳一起去文藝營，一次又一次，到過關渡、臺南、基隆、新竹……

不是為了讓人家知道我有這樣一個女兒，而是想讓妳在成長的過程中，看到、知道有這樣的一群人，他們擁有共同的興趣，他們聚在一起，享受共同的樂趣。

沒有人是被強迫來的，相反地，很多人每年都在等文藝營，並且搶先報名，好奇期待著在這裡會遇到什麼樣的人，上到什麼樣的課。

還有這三、四天中，進進出出教師休息室的阿姨、姑姑、叔叔、伯伯。暑熱中，他們不辭老遠跑來，不會抱怨幹嘛要來，只會在沒被邀請或實在走不開身時才會抱怨，因為這也是我們每年好不容易可以爽快碰面聊天的難得機會。

我們不會隨時都聊文學的話題。更多時候是交換沒見面的時光中彼此的行蹤，然後開些大家痛快發笑的玩笑，再接上些任何人都會有的感時憂國牢騷，或最新最轟動的八卦話題。

可是只要稍微靜下來的片刻，我們都會自然地彼此互問一句：「最近寫些什麼？」每個人一定都有剛完成的，或剛開筆的，或構思許久等著要寫的，或寫了許久總也完成不了的作品。是的，我們都是創作者，都在創作中得到最大的折磨，才能換來最大的快樂。這點共同的身分，使我們就算不多說什麼，都能感覺到特殊的親近氣氛。

在別人眼中，每年一次的文藝營，不過就是個「大拜拜」嘛！然而，正如「大拜拜」過去扮演創造社區團結一樣，我們也在這樣的儀式中，一次次確認，自己活在一群文學人之中，一次次確認，我們並不孤單。

我相信，一群擁有相同興趣的人，會製造出很不一樣的濃郁氣氛。我希望妳可以感受，這些人不為名不為利，只為了對文學的興趣，所散發出來的奇特熱情。我希望讓妳看到、讓妳感受，我自己跟這群朋友聚在一起時的快樂與滿足。

我完全沒有意圖要妳跟我一樣喜愛文學，熱中文字創作。但我真心期待，妳長大後會同樣珍惜自己的熱情、別人的熱情，願意伸出長長的手臂拉住擁有相同熱情的人，靠著這些人，不斷替自己的熱情保溫，甚至添加薪火，如此來抵拒世俗力量對我們熱情興趣的持續傷害。

妳送我的第一個爸爸節禮物。
嗯，大家都看得出來他像誰啦！

小時懵懵懂懂缺乏「選擇意識」，還真不是件壞事，
我很容易在環境裡安定下來，也就容易喜歡上我所擁有的一切。
希望妳也不要失去對周遭既有事物的接受能力。

愛我所熟悉的

印象中，我不曾對自己的名字有過什麼意見，沒特別喜歡過，也沒討厭過。那就是我的名字。

同樣的，念小學、念國中，都是住家旁邊的學校，理所當然就去念了。報到、分班，一切聽學校擺布，然後就在分配好的班級、分配好的座位，上學讀書，跟周遭同學交朋友。一次都沒想過，如果不要在這個班會怎樣；更一次都沒想過，要不要轉去可能更「好」的班。

也就是，我一直沒有覺得，擁有什麼樣的名字，上什麼樣的學校，遇到什麼樣的同學，應該是我能選擇的。不存在其他選項，也就沒有比較。

我常想，小時懵懵懂懂缺乏「選擇意識」，還真不是件壞事。沒想到要選擇，心裡自然生出接受事實的態度，於是我很容易讓自己在環境裡安定下來，也就容易喜歡上我所擁有的一切。

人的天性本能，對於陌生的東西總先擺出敵意抗拒。那是演化中形成的自我防衛機制。為什麼「一見鍾情」很浪漫？因為我們很少第一眼看去，就看到漂亮的人。「一見鍾情」是不自然的，「情人眼裡出西施」才自然。熟悉了，我們才看到美，美與親近關係密切。跟我們親近的人，不會醜的。

我慶幸，在那個相對貧乏的年代，選擇是個奢侈品。沒有選擇的情況下，我們接受了自己、自己的名字、自己的家、自己的生活、自己的學校、自己的朋友。那本來通通都不是我們自己去選來的，可是因為不知道要覺得委屈與無可奈何，我們摸熟混透了，就自然喜歡，自然珍惜。

我沒有花什麼時間去羨慕別人，更沒花時間去設想改變自己、自己的名字、自己的家、自己的生活、自己的學校、自己的朋友。早早就把自己安定放在那唯一的情境中，把時間放在熟悉這一切、接受這一切上。

妳的環境裡，有比我成長過程多得多的選擇。小小年紀，你們同學就有人改過好幾個英文名字，也都知道將來長大了，還可以去改掉爸媽替你們取的中文名字。你們早早就選擇念普通班或音樂班，也知道不同學校的音樂班有不同的名聲。這一切，將來會給你們強烈強悍的自由意識與自主觀念，那是重要的價值。

不過，我希望在追求自由、自主的過程中，妳不要失去對於周遭既有事物的接受能力。別一直遠眺別處的風光，忘了讓自己在熟悉的環境中獲得安定、平靜、休息。

我把我愛的書，我讀的書，
繞著布置在妳身邊。
有一天，妳打開其中任何一本，
就看到一個之前沒有碰觸過的人間景色。

少年時代最大的珍寶之一，就是極度善感的心，
隨時吸收，隨時感應，對於看來陌生、疏遠的東西，也不要輕易拒絕。
生命擁有比我們想像更大的空間，可以容納更多不同的東西。

珍惜 自己讀不懂的書

一家出版社要重出赫曼．赫塞的《徬徨少年時》，我答應幫他們寫一篇介紹。新譯的書稿送來了，一邊陪妳練琴，我就一邊重讀《徬徨少年時》。

我記得是剛上國中時，連續讀赫塞作品的。第一本是《徬徨少年時》，第二本是《漂泊的靈魂》，第三本是《鄉愁》，第四本是《流浪者之歌》，一本接一本讀。而且不是隨便順手讀讀。每天早上用鬧鐘將自己在五點半叫醒，然後坐在書桌前，攤開書一字一字讀，一行一行讀，一直讀到該要出門上學的時間。我完全記不得讀書前有沒有先吃早餐，都吃了些什麼，但清楚記得書桌上一盞裝著二十瓦日光燈管的檯燈，白光照在書頁上的亮度。

為什麼這樣認真？老實說，因為那時我讀不懂赫塞的書，是真的讀不懂。早上讀過的，晚上問自己到底讀了什麼，想想，腦袋一片空白。可是，一方面是不服氣，覺得只要堅持下去，陌生的字句意義總有一天會在眼前豁然開朗；另一方面是好奇，那讀不懂的字句間，偏偏有種奇特神秘的魅力，吸引我一直想看下去。與其說是讀書，不如說是在那天剛亮的時刻，享受和一種遙遠不可解的事物相聯繫的感受。一種無法用理性掌握，所以無法用言語形容，卻在身上、心底麻癢搔爬的經驗，無可取代的經驗。

很長一段時間，我記得我讀過赫塞，但卻沒有能力將他書中的內容吸收進去。我知道等到自己的閱讀能力更強，理解更成熟時，我會、我需要重讀赫塞。

幾年後，高三吧，我無意中從書架上揀出《徬徨少年時》，隨意翻翻，翻到了這樣的句子：「每個人都必須為自己找出被允許的和被禁止的事物。……有些人疏於思考，懶得為自己的行為把關，他只要不違反別人規定的禁令就行了，因為這樣他可以過得很輕鬆。還有些人在心目中有一套自己的法則，每個人都必須為自己的行為負責。」

我嚇了一大跳，這明明就是我自己的信念啊！再翻再讀，我更驚訝了，書裡的情節內容我很陌生，猜不出再下來要發生什麼事，然而書中講的道理，關於光明與黑暗的世界，關於個人的選擇，我卻都再熟悉不過！

當年，我真的沒讀懂《徬徨少年時》嗎？還是一字一句其實仍進入了我的大腦，影響了我的想法與感受？還是本來的我，個性中就藏有這些傾向，所以才會即使讀不懂，都不願放棄赫塞的書？

一直到今天，我還是不知道答案。不過我知道、我確信，少年時代最大的珍寶之一，就是極度善感的心，隨時吸收，隨時感應，就算對於看來陌生、疏遠的東西，也不要輕易拒絕。生命擁有比我們想像更大的空間，可以容納更多不同的東西。

我把自己想像成窗戶，努力準備應該帶什麼樣不同的人生光景。或許，真的有那麼幾個孩子，剛好願意打開眼睛，看到他們沒看過的繁花雜樹。

想像自己是一扇窗

兩週內，連續走了三所高中演講，講白先勇和余光中。出發前我都會有點遲疑，講完回來的路上，我都會有點失神後悔，不是那麼確定自己究竟在幹嘛。我到現在清楚記得自己念高中時，最受不了被強迫去聽演講。從小參加週會留下的深刻印象，覺得台上演講的大人，只會講兩種內容：一種是我們已經聽過幾千遍，通通一樣的東西；另一種是他們自己都不見得相信，更做不到的教條。前一種，讓我厭煩；後一種，讓我感到虛偽。

高中三年，我只記得聽過一場有意義、學到東西的演講。那是朱西寧先生講「文學與社會」。演講那天，出了大太陽，放學後四點鐘的莊敬樓禮堂極度悶熱，我可以感覺到汗珠一直不斷沿著背脊流淌下來。朱老師的聲音溫雅，沒有什麼激動起伏，娓娓道來，於是很快地，我可以看到周遭其他同學的頭開始一上一下，再一會兒，陸續有人悄悄背起書包，打後門溜走了。可是這些都沒有影響我，我始終保持興奮狀態，將朱老師一句句的話銘刻在心上。

那場演講是「建青社」辦的，「建青社」沒有權力逼同學去聽演講，我是絕對心甘情願去的。那陣子，我飢渴地讀了一本又一本朱老師寫的小說，而且跟隨學長到過朱老師家一次，我信任朱老師不可能講平常其他講者那種言不由衷的話。

很長一段時間，有學校邀請去演講，我一定先問：「學生是自願來聽講嗎？」如果不是，我就拒絕去。我無法對著一屋子幾百個心不甘情不願的學生侃侃而談，我一定會想起自己少年時候的感受，我會覺得背叛了少年時候的自己。

大概兩年前吧，一位高中老師改變了我的決定。我在電話中很客氣地拒絕她的邀請，表明我無法在全校週會演講，還誠實地說明了理由。那位老師有點激動地說：「可是我們的週會還是得開啊！」我差點笑出來，因為你們總是要開週會，所以我就應該去演講？「當然不是！」老師解釋說：「我們的學生，平常沒有什麼機會接觸不同的人、不同的想法，所以我特別想藉週會時間，找不一樣的人來講話。你不來，我就又得去找那些願意來講的人，他們就又會講同樣的、類似的話……」

「可是我說的，他們聽得進去？」

「當然不會都聽進去，然而總會有幾十個聽進去了……」

我被說服了。我願意為那幾百人中間的幾十個人、甚至幾個人走一趟。只要有一個人聽進去，我的時間精神就不算浪費。我把自己想像成窗戶，努力準備應該帶什麼樣不同的人生光景讓他們看到。或許，真的有那麼幾個孩子，在短短的一、兩個小時中，剛好願意打開眼睛，看到他們沒看過的繁花雜樹。

跟一屋子高中生講話沒那麼容易，我常常講到精疲力竭，聲音沙啞，癱倒在回程的火車座位上。我想出一個句子來安慰自己：「窗戶從來不喊累、不抱怨的。」

書和玻璃一樣，都是通往外在世界的窗口。

我喜歡把美好的事物，透過我傳遞給別人的快樂。
這是我當老師的心情，
也是我期待妳能體會的又一種生命的樂趣。

當老師的心情

星期五晚上，沒有辦法陪妳去聽鋼琴家安斯涅的音樂會，因為我有課要上。星期五上的是「重新認識中國歷史」的課程，從中國文明起源開始講起，快兩年了，現在講到漢代。星期五整堂課的時間，比妳去聽的音樂會還長，我只講了《史記》裡的〈李將軍列傳〉，那是關於李廣生平的記載。

我看到全場的學員，幾乎都興致高昂地隨我一起逐字逐句讀〈李將軍列傳〉。當然，我在講課過程中，補充了一些漢朝和匈奴的關係、其變化以及中間的重大事件。不過我相信，更能吸引學員注意，讓他們在上完一天班，還能集中精神不在課堂上睡著的，是太史公司馬遷精采的文字。他如何描述李廣這個人的個性，他幾次勇敢冒險面對匈奴敵人的應變，還有他悲劇性的結局。是司馬遷而不是我，讓他們睡不著；或許該說，司馬遷透過我，對他們說了讓他們難忘的故事。

這樣的經驗，讓我想起多年前另外一個課堂，我講「二十世紀華文名著選讀」，講到了徐志摩的作品。那個時候，剛好電視上演《人間四月天》，是關於徐志摩的傳記，很轟動，很多人看。我不想重複多講徐志摩的浪漫事蹟，也不想多討論《人間四月天》，想了很久，我決定用一種特別的方式上課。

我選了徐志摩的〈自剖〉、〈再剖〉、〈我所知道的康橋〉三篇散文，加上一首給胡適的長詩，課堂上盡量不多說什麼，就是逐字逐句唸完那三文一詩。我知道這種形式看起來很混、很偷懶，做老師的豈不是什麼都不必準備，拿著文章唸，就過完一堂課？不怕被學員罵嗎？

我願意冒險一下。還好，冒險的結果很好。沒人罵我，相反地，大家都很有精神地一起仔細讀完了那些篇章。我沒猜錯，即使在《人間四月天》的播映熱潮中，都很少有人有機會安安靜靜地、慢慢地讀徐志摩，把時間交給徐志摩，感受他文章中獨特的浪漫情緒，那種與自我對話詰辯的困惑，困惑中充沛滿盈的人生好奇，以及對於周遭世界最敏銳的呼應。理解徐志摩最好的方法，不過就是把時間讓出來給徐志摩的話語，從容地對我們訴說。

我其實沒有那麼喜歡當老師，教人家什麼。但我喜歡把美好的事物，透過我傳遞給別人的快樂。我所扮演的角色，是創造環境，讓學員可以從日常的平庸裡脫身出來，聆聽一下太史公說的故事，或是徐志摩吐露的細膩心緒。需要我，只不過因為我們一般人的日常生活，遠離了太史公和徐志摩，不會為他們留下心房裡的位子。

我熱愛這樣的工作，因為我必須先找到美好事物，被美好事物感動了，我才有可能去面對學員，邀請他們來一起享受。去追逐探尋美好，總比追逐探尋醜惡讓人愉悅吧！

這是我當老師的心情，也是我期待妳能體會的又一種生命的樂趣。

從朋友身上認識了人的多樣性，習慣了人的多樣性，
不只容忍、進而欣賞讚嘆人的多樣性，
會是將來讓妳活得開闊、活得快樂的重要關鍵資產。

多交和自己不一樣的朋友

多年以前，我將自己高中時期的經驗記憶，寫成了散文作品，結集出版。一位本來還算來往密切的朋友，在報紙上發表了對那本書的評論，很糟很糟的評論，我不得不回應。我的回應難免也帶火氣吧，從此，跟那個人中斷了朋友關係。

我能坦然接受別人不同意我的看法，我也不會那麼在乎人家批評我的作品寫得不好，但那篇評論裡，卻有我無論如何沒辦法忍耐的字句——認為我的回憶不真實；認為少年時期的我和我的同學們，不可能真正那樣做那樣想；認為我所寫的，是後來改造捏造的。

我不能忍受。寫那篇評論的人，不認識高中時期的我，不認識任何一個我作品裡寫到的高中死黨，可是他卻大剌剌想當然耳地評斷我寫的內容是假的，這教我怎麼能吞得下去？

我了解，他下這種評斷，最重要的依據是他自己的少年經驗，是他看到聽到周遭別人的少年經驗。他用自己做標準，無法想像有人用我書中寫的方式度過高中時期，就草率地主張——那一定是假的。

付出失去一個朋友的代價，我都必須挺身為我自己的記憶，為我高中同學的真實經歷辯護。更重要的，我必須堅決地反對那種獨斷的態度，將不同於自己的生命經驗隨便判定為假的獨斷態度。

這裡面，有我對朋友真正的珍惜。少年時期，我從朋友那裡得到的，是許多的驚訝衝擊。我最要好的朋友，幾乎都跟我的成長背景相去甚遠，我從他們身上感受到——原來人可以有這麼多不一樣的長大過程。透過這些朋友的提示提醒，我懂得了自我經驗的偶然與渺小，學會了不要輕易自我中心地去假設別人會有、該有的想法。

從小，妳一直是個愛上學的孩子。我知道，因為在學校，妳可以跟朋友在一起，那比什麼都重要，都快樂。老師說妳中午常常拿著筷子在座位間走來走去，忘了要吃飯，午睡前才匆忙扒幾口飯，把剩下的倒掉。老師交代要妳幫忙發作業，發到一半，被朋友一叫，妳就不管跑出去了。更嚴重的是，妳們上課會不專心傳紙條。

老師這樣說了，我必須清楚地對妳重申學校團體作息的規矩，要求妳遵守。不過，同時我卻也擔心，妳不要誤會了爸爸對妳的朋友，還有妳跟朋友來往的看法。我不會覺得妳被朋友帶壞了，我不會因為這樣希望妳疏遠妳的朋友，我還是喜歡妳真心交朋友，尤其交跟妳不一樣的朋友。

畢竟，從人生長遠來看，從朋友身上認識了人的多樣性，習慣了人的多樣性，不只容忍、進而欣賞讚嘆人的多樣性，會是將來讓妳活得開闊、活得快樂的重要關鍵資產，我絕對不會想要予以剝奪的。

在上海，魯迅故居旁，
我坐下來和魯迅辯論，妳在一旁笑彎了腰。

熱情、興趣是至高享受，
不只讓自己的生命飽滿豐厚，還會感染周遭的人，讓他們的生命變得有趣。
我們應該盡一切努力，抗拒無法誘發熱情的事。

熱情帶來最大的魅力

我在電台主持節目，常常碰到人客氣地說：「每天要做節目，很不容易，很辛苦啊！」我總是回答：「一點都不辛苦啊，每天找人來陪我聊天，再快樂不過了。」

我說的是百分之百的老實話。累積多年的經驗，我想我多少對廣播聽眾有些認識。廣播不像電視，沒有動態畫面可以幫忙吸引注意力；廣播也不像文字，可以讓讀者選擇自己喜歡的速度。所以，最能讓人家聽進去的形式，就是輕鬆聊天。在錄音室裡的人聊得愈自在、愈起勁，就愈能拉住聽眾。

我從來不擔心在節目裡談別人認為「深奧」的內容。重點不在深奧不深奧，而在我有沒有辦法創造一種氣氛，讓來賓講他最熟悉、最有把握、最感興趣的話題。那樣的話題，或許不是一般聽眾平常會接觸到的，但我的經驗告訴我，講話的人的熱情會透過音波感染聽眾，拉住聽眾一直聽下去。

再冷門再深奧的內容，配上熱情，都可以變得很好聽。相對地，做節目最怕的兩種狀況：一怕來賓談話沒有內容，二怕來賓用一種正經八百唸演講稿般的方法講話。找人聊天，至少要聊到一些我以前不知道的事，讓我長些見識吧！都是老生常談，或是一試探就知道沒什麼特別觀點想法的來賓，無可避免教我意態闌珊，不管我怎麼裝，那種氣氛就是冷淡的。找人聊天，也一定要找到同樣願意聊天的人，對方只想演講，我一個人再怎麼努力也聊不起來，更麻煩的是，多少聽眾要聽那樣裝腔作勢的演講呢？

熱情是拉近距離最好的、甚至是唯一的法門。熱情讓不認識也看不到的聽眾，可以信任在談話的人不是表演，不是套招，因而願意給予信任。信任進而使得聽眾能夠打開心胸接受談話的內容，感覺跟談話的人、談話的內容親近。

前一陣子，我曾受邀擔任一項廣播獎的評審，很驚訝地聽到報名送來的節目，幾乎都不是用我所理解偏好的方式進行的。主持人用字正腔圓的做作口吻，明顯不是講話，而是逐字唸面前同樣做作的文稿。文稿裡面堆砌了許多陳腔濫調，講了許多平凡平庸的常識，還包括許多以訛傳訛的錯誤。他們以為這樣才是做節目的方法，他們相信這樣做的節目，才有機會得獎。

我回絕了評審工作，而且有點失禮地表白：我不願浪費生命聽這些錄音，省下時間可以做很多更有意義的事。

這是我真誠的信念。熱情、興趣是至高享受，不只讓自己的生命飽滿豐厚，還會感染周遭的人，讓他們的生命變得有趣。相對地，最不能接受的，就是行禮如儀做些不痛不癢、可有可無的事。

我們應該盡一切努力，抗拒無法誘發熱情的事。沒有熱情卻勉強應付著，是最大的浪費，浪費時間、浪費資源，更浪費了生命中可以拿去追求其他成就的寶貴機會。

混亂的書桌，
是我和世界最親密的連繫。

在我們有限的生命中，
最寬廣的一條路，就是學習如何放開自己的感受，
讓各種可能的話語都進來。

找到音樂與書籍裡的「柔軟的心」

我記得，走在中山北路上，應該是秋天，風吹過來還不覺得冷，然而卻吹得地上的落葉翻飛騰走。我的小提琴老師說：「他們在對你說話，知道嗎？海頓、莫札特、貝多芬、帕格尼尼、韋尼奧夫斯基，你聽到他們在對你說話嗎？如果你了解他們在說什麼，你就知道怎樣演奏他們的音樂了。」

那個時候，我完全不曉得海頓、莫札特他們怎麼可能對我說什麼話。那個時候，我甚至聽不懂老師究竟在跟我講什麼。我只覺得很緊張，生怕下一刻老師會接著冒出問題：「貝多芬九號奏鳴曲第一樂章在講什麼？你覺得那裡鋼琴和小提琴之間是什麼關係？」我努力搜尋腦袋裡很有限的辭彙，希望能找到老師要聽的說法。

還好，老師沒有問。老師自己熱切地講了，他說鋼琴用深情在回應小提琴，小提琴像隻開屏的孔雀般，對鋼琴炫耀自己最美好的一面。鋼琴既崇拜又包容地點點頭：「啊，原來你那麼棒啊！」小提琴更進一步對鋼琴宣示：「我的一切，都是為了你！」

這是貝多芬音樂裡說的話，清清楚楚。俄羅斯小說家托爾斯泰也聽到了，所以他寫了一篇小說，讓小說裡一位妻子在用鋼琴替小提琴伴奏這首曲子時，愛上了小提琴手，發展了一段外遇悲劇。「你要聽到這些，你的音樂才會生動。」老師說。

那個時候，我聽不懂老師說的。過了很多年，我才真正明白老師在說什麼。還好我的記憶力不錯，將當時不懂的東西都記住了，保留在腦袋裡的一角，等到自己夠成熟了，回憶湧上，聽著記憶中老師的聲音，我不斷地點頭。

不只回憶中老師對我說話，而且老師的話教會我去聆聽其他跨越空間與時間的智慧聲音。我努力聽海頓、莫札特，也努力聽孔子、孟子、柏拉圖和莎士比亞。不管是聽音樂或讀書，我學會了去尋找那裡面的「人的訊息」，也就是做為人我能特別理解感應的部分。我相信，他們在對我說話。他們不是在講什麼抽象的、冷冰冰的知識，或是玩什麼硬梆梆的形式，那裡面有他們柔軟的心，會碰觸到我自己內在柔軟的心。

擁有那樣聆聽音樂與書籍的「內在耳朵」，是我這一生最大的幸福，也是我最渴望能夠交付贈送給妳的僅有資產。爸爸能給妳的其他資產都很有限，唯獨這一項，如果妳能接收體會，妳就可以跟古往今來那麼多比我更聰明更豐富百倍千倍的人對話、學習。那會是無限的資產。

在我們有限的生命中，最寬廣的一條路，就是學習如何放開自己的感受，讓各種可能的話語都進來。我們不可能真正探觸到無限，但我們至少可以想像無限、嚮往無限，那是最過癮的享受啊！

一個擁有真實能力的人，會有內在的光芒，吸引人去發現。
或許，妳慢慢會理解我當年藏在筆名後面躲避稱讚，
那種幼稚卻真誠的信念。

為了不炫耀的緣故

妳最討厭的事情之一，是被人家理所當然地稱做「楊小妹」，或者面對人家疑惑地問：「妳怎麼會姓李呢？」唉，妳爸爸是楊照，妳卻姓李，別人會困惑，妳會覺得困惑，還真沒辦法。

這幾年來，妳問過我很多次：「你為什麼要有筆名？」「你為什麼不用本名？」因為筆名是很早很早之前，早在我青少年時代就有了的，「楊照」不過是用過的許多筆名中，最後因緣際會留下來的。那時候，習慣取筆名，用筆名寫作，用筆名發表作品，抱歉，真考慮不到那麼遠，考慮不到會給未來的女兒帶來不方便。

那時候想的，只是讓自己方便，方便於藏起來，藏在筆名後面。寫詩、寫小說，

尤其是寫到可以投稿刊登在大人編、大人看的詩刊副刊上，當然不是什麼丟臉的事，然而那個年代，想到因此而受到周圍的人注意，總還是在心中激起很強烈的尷尬之感。不是怕被人譏笑或責怪，而是怕被人稱讚。

「唉呀，原來你文章寫那麼好！」「你就是那個會寫文章的李明駿啊！」想到可能會得到這樣的稱讚，青少年時期的我，就覺得頭皮發麻。好像之所以寫那些詩，寫那些小說，是為了炫耀，為了讓人家注意到我。

不是的。那些再怎麼不成熟的東西，都是自主存在的。我強烈地想寫，強烈地想讓別人讀到這些我當時認為重要的文字、感受與思考，所以我寫作。文學應該是這樣的，從一開始我就如此認定，固執地如此相信，因而不能忍受靠文學獲得稱讚與注意，感覺那樣似乎就扭曲了我和文學之間的關係，褻瀆了文學。

另外一個理由是，那個年代，我們對於炫耀抱持著強烈的敵意。我們被教導，進而我們相信，一個擁有真實能力的人，會有內在的光芒，吸引人去發現，絕對不能也不會敲鑼打鼓地外在炫耀。炫耀只會掩蓋了真正的光芒，炫耀只會吸引一時、膚淺的肯定，炫耀只會讓人失去了繼續追求真實本事的毅力。

躲在筆名後面，甚至用各式各樣不同的筆名，使我可以不用擔心自己是否炫耀、是否浮誇地追求不相稱的稱讚。這是取筆名最深刻，但也許是最不容易讓妳理解的原因。

不過，或許妳慢慢會理解。上次和老師吃飯時，老師講到她上個別課時，教一個學生要有耐心，扎實慢彈來練習。一下課，卻聽到那個學生在音樂班教室的鋼琴上將曲子彈得飛快，旁邊圍著一群露著羨慕、崇拜眼光的同學。我發現妳跟我們一起笑了。我想妳了解那中間的落差，還有那中間的危險——同學的眼光，而不是音樂本身，不是老師要求的標準，會成了最重要的追求目標。

或許，妳慢慢會理解我當年藏在筆名後面躲避稱讚，那種幼稚卻真誠的信念。

如果要維持這難得的友誼，妳就必須學會如何用語言和文字，把自己的經驗、想法表達出來。
因為別離，妳們一起進入了人生一個新的階段。

整理自我、傳達自我的新階段

小學時，我有一個最要好的同學，叫王孝武。他跟我一樣，成績還算不錯，但不曉得為什麼，就是不討老師歡心，經常莫名其妙被罵，也就盡量想辦法不被老師注意到。

下課的時候，我們會一起越過操場，來到長滿了九重葛的花架下，沒特別幹什麼，就是遠離教室。走過去一趟，坐下來撿拾地上落得凌亂的花，大概就又得出發走回教室，不然上課遲到會更糟糕。就這樣走來走去，過程中有一搭沒一搭地講講話。

他和我座號相連，所以最好的就是輪到一起當值日生。不用參加朝會，人家都在操場上曬太陽，聽校長講那些永遠聽不懂的大道理時，我們扛著大水桶，到廚房裡裝水，悠哉悠哉地沿著種滿植物的廊道走回教室。

那天，我們又一起抬水桶，一邊講著剪頭髮的事。突然他告訴我，他們全家要移民去德國了。我嚇了一跳，半天才問了很蠢很蠢的問題：「那你就一定要轉學，是嗎？」

當然是。還輪不到下次再當值日生，王孝武就消失了，去了德國。後來他陸續寄了兩張或三張明信片給我吧，上面是他用原子筆寫的大字，德文的地址寫得比明信片背後的內容還要大，還要佔空間。

我常常想起他，那段時間，尤其下課時。我很想知道德國到底是什麼地方，他在德國過什麼樣的生活，我甚至幻想過去德國找他會是什麼樣的經驗。可是我只能想。那時候三年級的我，連寫信都不會。

那是我清楚意識到文字多麼重要的開端。如果會寫信，我就可以跟王孝武通信，我們兩人還會是朋友。我會知道他的生活，他會知道我的生活，雖然不再能一起抬水桶，但兩人之間不會陌生。我開始更認真地學習寫字，也在心中偷偷期待王孝武也有一樣的心情努力學寫字。不過，等到我覺得自己可以在書信上將想講的話講出來時，對於王孝武的記憶已經淡了，淡到我不再知道該跟他說些什麼。還有，我也大到了解了，去到德國，必須以德語、德文生活的王孝武，恐怕連中文都忘光了吧！

妳最要好的朋友要搬到美國去了。這幾天，妳們幾乎天天在一起，臨上飛機前她還打了一通電話跟妳道別。比我當年幸運的是，妳會有機會跟她用網路和長途電話保持聯絡。然而，沒有根本差別的是，如果要繼續維持這難得的友誼，妳就必須學會如何用語言和文字，把自己的經驗、想法表達出來，讓她知道，並藉此刺激她也願意講出來、寫出來。

因為別離，妳們一起都進入了人生一個新的階段，用語言文字整理自我、傳達自我的新階段吧！

自己一個人在吉隆坡機場，
忍不住就買了一只手錶，當然不是我要戴的。

少年時的作文，表面上看是由老師規定的，
但實質上充滿了我們自己的想法與創意。
妳顯然比我更早就體會到了這樣的樂趣。

在別人畫的框框裡 打造自由

暑假要結束了，妳的暑假作業……當然還沒寫。

看了一下作業內容，裡面有兩篇作文，題目分別是「我最喜歡的校園時光」和「偶像」。我很自然地問：「妳的偶像是誰？」妳連想都沒有多想，就說：「沒有！」我不得不追問：「那這篇作文要怎樣寫？」妳盯著題目看了一秒鐘，回答：「我可以寫『我沒有偶像』啊！」

喔。從妳的回答中，我想起了自己少年時的事。在學校最討厭作文課，並不是因為我不會寫，而是因為常常對老師出的題目很有意見。老師出的題目跟我的想法有極大出入，或者老師出的題目是我很沒有興趣、甚至很反感的事，還要依照老師的意思寫作文，對我一直都是很麻煩的事。

高中時有一次，國文老師要我們寫「《梅臺思親》讀後記」。《梅臺思親》是當時的總統蔣經國先生寫的小冊子，內容是對於他父親的懷念，全國中學生大概都被要求要閱讀要寫心得吧！說老實話，正處於叛逆期，藉由反抗父母來尋找自我的我們，怎麼可能對《梅臺思親》那種文字那種感覺有所認同？要寫，顯然就只能寫些抄來的八股文字吧！

班上有一個膽子最大的同學，先寫完了，我們擠在他座位邊看他寫的內容。

「《梅臺思親》是一本偉大的書，太偉大了，讓我一拿起來就放不下來，吃飯的時候拿著看，所以把飯吃進了鼻孔裡；上廁所的時候看，結果大便大了一小時還沒大完；本來洗澡的時候也要看的，但書被打溼了，字變模糊看不清楚，只好不看了。《梅臺思親》就是這樣一本偉大的書啊！」

光看他作文的第一段，就讓我們笑得前俯後仰，有趣的不只來自他用的反諷口氣，更來自我們在心中想像老師批改時的反應。要怎樣改？要怎樣給分？通篇文章都是讚美《梅臺思親》的啊，難道老師要給低分懲罰嗎？可是老師又如何給高分鼓勵呢？

太有意思了。突然，作文變成有趣的事了。不是要照老師的題目去寫，而是拚命想如何寫得既非老師要的，卻又讓老師沒有辦法理直氣壯地將我們送去訓導處記過，甚至沒有辦法給我們不及格的分數。好幾個星期，作文課教室裡都充滿了我們這幾個人暗自討論、竊竊低笑的聲音。

那樣的文字，表面上看是由老師規定的，但實質上充滿了我們自己的想法與創意。這個過程中，我學會了一種新的表達方式，在別人畫出的框框裡打造屬於我的自由。

妳顯然比我更早就體會到了這樣的樂趣。上回在學校，妳就寫過一篇題目為「快樂與痛苦」的作文，妳寫的「痛苦」是「現在正在寫作文」，至於「快樂」則是「如果可以快快把作文寫完」。嗯，那或許不是老師期待你們寫的，但我確信那一定是妳真正的想法吧！

別太在乎其他音樂以外的因素，
好好地拉出妳自己的琴聲。

最重要的分數，不是評審給的，
而是妳騙不了自己，在內心喜歡或不喜歡的程度。
懂得聆聽自己的標準，誠實為自己打分數，才是最要緊的啊！

音樂是自己的

我的老師，妳最好奇的那個教我小提琴的老師，說過一句我當時不懂，但日後卻再相信不過的話。他說：「教會你評斷自己會還是不會，比光是教會你更重要一百倍！」

第一次聽到這話，我真的以為老師在說什麼繞口令，像是「吃葡萄不吐葡萄皮，不吃葡萄倒吐葡萄皮」一類的，要不是當時氣氛那麼僵，老師說話的口氣那麼重，說不定我還會笑出來呢！

我清楚記得那個情景。在老師家裡，陽光透過紗窗照進來，我面前地上一片混雜了綠影的迷離金黃，拉巴哈E大調協奏曲時，我有點分神。老師要我停下來，突然問我：「你這次拉的，和剛剛不一樣？」我嚇了一跳，連忙想了想，結結巴巴地回答：「我沒有做漸強。」我以為老師會要我重拉一次，把漸強效果做確實，沒想到老師卻接著問：「為什麼？」

為什麼？因為我疏忽了。可是我不敢這樣告訴老師，只好又結結巴巴地找話：「覺得漸強有點怪怪的。」老師又問：「所以，不漸強平著拉比較好？」我遲疑了，微微搖搖頭。老師不放過，再問：「所以，漸強比較好？」我更遲疑了，因為我真的不知道哪種拉法比較好。我偷偷看老師的臉色，想從老師的表情上找答案。

老師沒有什麼表情，就是等著，堅持等著，要我給答案。我只能還是搖搖頭，給自己爭取時間，同時看這樣拖著，或許老師會主動告訴我他的答案。老師卻還是等著：「到底哪一樣比較好？」我再搖搖頭，表示我不知道。就在這時候，老師嘆口氣，說出了那一句奇怪的話。

老師還是沒給答案，漸強或不漸強哪個才是對的？他指著樂譜解釋：那句子迴旋上行，所以很自然會誘導漸強的拉法，可是同時句子卻從原本的大調轉成使用小調音階，如果不漸強，甚至有點漸弱效果，就會突顯出小調的特色。

解釋完了，我還是不明白究竟該漸強還是不要？老師只說：「音樂是你自己的。」

音樂是自己的，生命也是自己的，最終只能自己選擇，自己決定。後來我了解了老師的意思。會有很多人在旁邊做出各種評斷，教我們這樣好那樣不好，如果我們自己內在沒有一種力量、一種自信，明白自己到底有多好有多差，就會習慣地以別人的意見做為標準，去追求別人的標準。

不是要妳不在乎評審老師給妳的分數，只是要提醒妳，別依賴評審給的好分數當做音樂上的靠山。能幫妳在比賽中得到第一名的音樂，不一定是妳的音樂，可能只是評審們想像中妳這個年紀的小孩應有的音樂而已。最重要的分數，不是評審給的，而是妳騙不了自己，在內心喜歡或不喜歡的程度。

懂得聆聽自己的標準，獨立於別人給的風光之外，誠實為自己打分數，才是最要緊的啊！

上學、放學的路途中，我們大概在車上聽這張CD超過五十次了吧！

那是一個人長大會有的空間，
也是一個人長大就該承擔起來的責任，
摸索找出自己的感覺、自己的判斷，不再依賴老師。

和老師不一樣的判斷

聽著海飛茲拉奏巴哈無伴奏小提琴組曲的錄音，我忍不住讚嘆：「怎麼可能把雙音拉得那麼漂亮，簡直就像有兩把小提琴自在地對唱一般啊！」

妳媽媽說：「那要花多少時間才練得出來啊？」

「百分之九十九的人，花再多時間也練不出這種聲音吧！」我回應。

妳突然問我：「所以你喜歡海飛茲？我還以為你不喜歡他呢！」

我當然喜歡海飛茲，奇怪的是，妳怎麼會誤以為我不喜歡？

我努力回想，什麼時候跟妳說過海飛茲的音樂？我想起來了，我講過我的小提琴老師，以及他的音樂品味。小學五、六年級，就是妳現在這個年紀，我每天練著感覺好像永遠也練不完的韋瓦第，一首協奏曲練完就又有另一首。其他曲子拉得很少，幾乎完全沒有浪漫主義的曲子，沒有孟德爾頌，沒有布魯赫，更不會有薩拉沙泰。就連貝多芬，老師都只勉強選了第二號奏鳴曲給我拉，等升上國中，才再給了一首《春之奏鳴曲》。

老師的態度很堅定，他認為能將韋瓦第拉好，就練出了乾淨、清澈的聲音。「聲音不乾淨，什麼都免談！」在老師家聽到的唱片，幾乎毫無例外都是米爾斯坦的錄音。我總是期待老師會從另外一個架子上，拿出我連翻都不敢去翻的其他唱片，可是從來沒有一次成真。或許是感受到我的眼神去向吧，老師微微搖搖頭，說：「那不適合你現在聽。」

米爾斯坦真的很乾淨、很清澈，而且他錄了很多韋瓦第的曲子。所以，很長一段時間，我以為小提琴一定要發出那樣的聲音才是對的。一直到老師離開了臺灣，我也放棄了拉奏小提琴，自己在中華路唱片行閒逛，好奇地買了一張老闆說的「大師名盤」，海飛茲拉奏柴可夫斯基和葛拉茲諾夫協奏曲的錄音。回家一聽，小提琴聲音一出現，我就全身起了雞皮疙瘩，而且那疙瘩一直維持到音樂放完，久久不退。

怎麼可能有這種聲音？粗獷、狂熱、雄壯，中間夾帶了許多毫不在乎的爆音，既不乾淨更不清澈，然而音樂本身讓你完全無法計較清澈不清澈。原來，小提琴還有這樣的聲音，可以有這樣的聲音。

我當然喜歡海飛茲，他打開了我對小提琴音樂的理解。是的，他拉琴的方式和米爾斯坦南轅北轍；是的，他拉出的琴音和老師教我的準則截然不同，而他對我最大的魅力，正就在此。

「我的老師不喜歡海飛茲，但我很喜歡啊！」我強調地跟妳解釋。

妳一定是記得我的老師不喜歡海飛茲，理所當然覺得我也不會喜歡海飛茲。不，我多麼尊敬老師，也多麼懷念老師教給我的一切，但是在海飛茲的音樂這件事上，我有自己的感覺、自己的判斷。那是一個人長大會有的空間，也是一個人長大就該承擔起來的責任，摸索找出自己的感覺、自己的判斷，不再依賴老師。

之三

因為妳，我不怕老去

人生就是這樣，太多選擇太多考量橫在我們面前，沒有單一的標準答案，我們只能依照自己選擇的，試著這邊走走那邊走走。人生的歷險，還是得每個人自己去走，父母都替不得的。

止不住笑聲的人生歷險

我小時候看的《丁丁歷險記》，跟妳現在專心閱讀的有很大不同，我看的版本不曉得是哪個印刷廠草率盜印的，沒有彩色，很多地方線條都糊掉了，還有，那些對白八成也是隨隨便便找人翻譯的，誰曉得有幾分可信。

妳讀《丁丁歷險記》，一邊讀，一邊一直笑，老實說也讓我很納悶。我怎麼不記得丁丁有那麼好笑？印象中，丁丁真的就是不斷在冒險，一次又一次遇到奇怪緊張的狀況，我也就跟著幫他緊張。裡面是有些插科打諢的段落，不過我都快快翻閱過去，急著看後面的情節演變。

然而，事隔三十幾年，有一個經驗卻貫穿了我們兩代，沒有改變。我當年在我媽媽的反對下，偷偷讀《丁丁歷險記》；妳現在也在妳媽媽的反對下，偷偷讀《丁丁歷險記》。我媽媽反對的理由——書上字太小看了會近視，漫畫會讓人沉迷而耽誤功課正事；三十多年後，妳媽媽反對的理由——書上字太小看了會近視，漫畫會讓人沉迷而耽誤功課正事。

三十幾年前，我的媽媽開服裝店很忙，所以雖然她反對，我卻很容易找到她管不到的時間偷看；三十幾年後，我刻意幫忙掩護，讓妳能夠偷看。因為我記得自己從閱讀《丁丁歷險記》及其他書籍得到了巨大樂趣，因為我曉得《丁丁歷險記》真的讓妳很快樂，因為我實在想不出來妳有什麼了不起的正事會被《丁丁歷險記》耽誤了。

這幾天，《丁丁歷險記》成了妳和我在家裡的秘密。我們父女的秘密又多了一項。瞞著媽媽，我陪妳練習媽媽和老師都認為太困難，妳卻喜愛得不得了的蕭邦鋼琴協奏曲；瞞著媽媽，放學後我帶妳到冰淇淋店裡，一邊吃桑果雪酪一邊寫功課；瞞著媽媽，我幫妳把每天早上喝不完的四分之一瓶牛奶倒掉，我還讓妳每晚上床後可以偷偷講十分鐘悄悄話才睡。

我寧可讓這些事變成我們之間的秘密，卻沒有跟媽媽爭辯，妳知道為什麼嗎？媽媽有媽媽的道理，她怕妳吃了冰鼻子容易過敏；她相信一定要把握時機多喝牛奶趕快長高，不然就錯過生長期了；她擔心妳太晚睡明天沒精神。我卻也有我的道理，我覺得人生只有一次童年，可以享受那麼純粹的快樂，寧可稍稍冒一點險，付一點小代價，不願剝奪妳享受快樂的機會。

都是為妳好，卻有不同的選擇。人生就是這樣，太多選擇太多考量橫在我們面前，沒有單一的標準答案，我們只能依照自己選擇的，試著這邊走走那邊走走。每一個做父母的人，都為了子女著想安排，但誰也沒有把握自己的著想安排就是對的，是唯一最好的可能路途。畢竟，人生的歷險，還是得每個人自己去走，父母都替不得的。

真希望妳的人生歷險，會一直都有快樂天真、止不住的笑聲。

我不想也不能去指引、去安排
妳對什麼景色、什麼事物會有興趣，
但我可以盡量讓妳有最多的選擇，
別急著把自己的生命固定封鎖起來。

我到現在還是相信，
選擇做個有義氣的人，並努力實踐這樣的選擇，
比選擇從事什麼行業，領到怎樣的頭銜，重要百倍千倍。

要做個怎樣的人？

小時候讀《丁丁歷險記》，特別對於丁丁去西藏的那段故事著迷。那時候，對西藏沒什麼概念，也不懂得奇怪為什麼一個法國人畫的漫畫，卻以中國少年當主角，還要安排他翻山越嶺去西藏。會反覆看西藏那段，理由很簡單，因為丁丁一直在找他的朋友「張」。

「張」是個平常的姓，要找「張」的丁丁到處聽到人家在叫「張」，連忙看去，有一隻狗叫做「張」，還有一種酒也叫「張」，就都不是他要找的那個「張」。他要找的「張」搭飛機失事了，別人都相信「張」死定了，只有丁丁不相信不放棄，所以他才要千辛萬苦趕到西藏去。他要去救朋友。

剛好那個時候學寫作文，老師出了個題目，最簡單最通俗的「我的志願」。老師還解釋，可以先想長大了要做什麼工作，或是長大了要變成誰。我很自然地想到：「我要當丁丁！我要像丁丁一樣，為了朋友可以爬到西藏沒有空氣的山頂去！」於是用才學到的有限字彙，試圖在作文裡寫丁丁的故事和我的感受。作文交去，老師批改後給了一個很糟的分數，還給了一個類似「不通」的評語。不怪老師，我相信老師一定看不懂那文章到底在寫什麼。

那幾天，剛好被選做美勞代表，去老師家做準備送去比賽的作品，用廢棄紙盒做成學校與附近街道的模型。我去早了，別的同學還沒來，老師就順口問起，我那篇作文為什麼寫得那麼爛？我很努力地改用口語，告訴老師丁丁和「張」的故事。我自己說得有點激動，老師卻打斷了我的話，說：「不像話，漫畫內容怎麼可以寫進作文裡？應該寫要當科學家，要當醫生，不然當老師也好啊！」

話題很快結束了，不過我的沮喪沒有結束。我真的還是很想當丁丁，當丁丁去救朋友對我來說，再真實再具體不過。雖然丁丁是漫畫裡的人物，但他比科學家、醫生，甚至老師，還真實具體一百倍。

或者該說，丁丁救朋友這件事、這種感情，比科學家、醫生、老師，真實具體一百倍。我的志願，就是長大了可以把朋友看得那麼重，可以願意為朋友犧牲，可以享受嘗盡困難找到朋友那一瞬間的狂喜。我在《丁丁歷險記》裡學到了「義氣」，並且明白了自己最想做的，就是一個有義氣的人。

可是老師不要我們想「做個怎樣的人」，只要我們想「擁有什麼樣的身分」。科學家、醫生、老師都是身分、職業。老師鼓勵我們選擇職業，卻不鼓勵我們認真思考人格與行為。我到現在還是相信，選擇做個有義氣的人，並努力實踐這樣的選擇，比選擇從事什麼行業，領到怎樣的頭銜，重要百倍千倍。

看到妳也跟我小時候一樣，沉迷於丁丁的西藏故事，我暗暗祈禱，或許妳也能從中學到關於人格的志氣與志向，也會願意當個重朋友講義氣，而不只是為自己活著的人。

我相信，人是可以靠主觀努力讓自己變好，
讓自己比較接近心目中理想的人。
我還發現，改變自我、超越自我的最大力量，來自於對別人的愛。

愛與自覺修養

妳最近開始對星座有了興趣，常常問什麼樣星座的人會怎樣，問怎樣星座的人比較好。或許是從不同來源得到的答案有許多出入吧，妳突然問我：「星座是真的，還是有人編出來的？」

唉，這還真難說得清楚。我只能試探地回答：「或許有些是真的，可是我們也很難確定。不要覺得什麼樣星座的人一定會怎樣，即使同樣星座的人都還是很不一樣的。」

想了一下，妳乾脆問：「那你相信星座嗎？」我苦笑。這問題沒有比較好回答啊！

我觀察到，星座對我們判斷別人的性格，有一定的幫助。例如，我曾經跟好幾個處女座的人共事工作，他們真的比其他人重視細節，而且對於一些特定原則格外堅持，不會輕易妥協。又例如，我們身邊雙魚座的人，的確會有些自我矛盾衝突的想法與做法，而且都常常改變自己的主張，很不容易捉摸呢！

不過，星座對我最大的意義，倒不是在觀察了解別人，反而是在檢討和警惕自己。我們這一代的人接觸星座比較晚，我記得是到了高中，才真正搞清楚原來自己是牡羊座的。我還驚訝地在書中讀到，牡羊座最大的性格特色之一，是沒有耐心，缺乏毅力，很難堅持完成長期的事業，而且脾氣暴躁，容易發怒。

我不得不承認，這些我好像都有。可是，我又很清楚，這些正是我最討厭的，是我恨不得自己可以沒有的缺點問題。原來，這些缺點並不是因為我修養不夠，而是藉由某種神秘天象，植入在我的本性中的？那麼，我是不是就該接受星座給予我的先天條件呢？

困惑地想了幾天，我找到自己的答案。我還是相信：人是可以靠主觀努力讓自己變好，讓自己比較接近心目中理想的人。就算牡羊座的我，身體中帶著強烈暴躁沒耐心的元素，我還是可以問自己：「要做一個暴躁沒耐心的人嗎？」我還是可以回答：「不！我最討厭暴躁沒耐心的人了！」

於是，我懂得了必須加倍小心、加倍自制，我才能抗拒內在的牡羊座個性，不露出讓自己討厭的暴躁沒耐心。星座提醒了我，卻也刺激了我願意設法突破自己，追求一個比較斯文、比較耐心些的理想個性。

直到今天，我都還在跟自己的暴躁沒耐心抗拒拉鋸。至少我從來沒有縱容過自己，理直氣壯成為星座書上描寫的那種牡羊座的人。而且在不斷自覺修養的過程中，我還發現了改變自我、超越自我的最大力量，來自於對別人的愛。當我愛一個人時，我會變得特別有耐心、特別溫柔，因為生命裡不再只有自己，有了另一個比自己更重要的對象，自己變得不那麼核心，壞毛病就容易改了。

這些年來，不就是因為有妳，我竟然可以學會怎麼綁出整齊完美的辮子，我也竟然可以日復一日比自己當年練琴時更有耐心、更有毅力地陪妳練琴，在妳與音樂的密切快樂中，得到了最大的滿足。

妳的前方，有多少豐美的人生風景，正準備要展開。

我不可能設定了音樂這樣一個範圍，規定妳只在這個範圍中選擇。
我要妳真正看到世界之大、之豐富，
我要妳有機會從各種不同的可能性中去思考、去感受。

不怕老去的最佳靈藥

聽過妳彈琴的叔叔阿姨們，常常追問我對於妳將來路途的安排。他們自然地認為我們會讓妳走上音樂演奏的方向，所以應該送出國進修，還有人熱心地提供意見，應該幾歲出國最好，應該去美國或歐洲，哪個音樂學校特別有名氣等等。

面對這樣的好意，我一向只能回答：「我不知道。」我是真的不知道妳的未來究竟會如何。而且，還是至少有三重意義的不知道。

第一重，我自己明白音樂和所有人類文明高度成就一樣，需要經過多麼漫長的醞釀與訓練，過程中的變數多到不可勝數，沒那麼容易。我們習慣將太大的期待擺放在太小的基礎上，看到小孩可以比同年齡的小孩寫出稍有條理、稍有感受的作文，就開始想這小孩將來可以當文學家。我沒有這樣天真的幻想。妳跟音樂之間的關係，才剛開始，誰也說不準這中間還會有多少變化。

我甚至沒有把握妳會一直這樣喜愛音樂下去。人生路途上，隨時可能冒出妳現在沒有遇過的奇妙事物，或是妳現在不懂得欣賞喜歡的東西，有一天突然變得如此美好誘人。我不可能設定了音樂這樣一個範圍，不管這個範圍多大，規定妳只在這個範圍中選擇。我要妳真正看到世界之大、之豐富，我要妳有機會從各種不同的可能性中去思考、去感受，找到自己內在熱情的答案。最棒的，是人心甘情願的熱情。熱情投入之處，可以把別人認為再枯燥、再艱難的東西，都燒出光亮的火花來。

因為我要妳過那種有光亮火花的生活，所以我不可能去替妳安排什麼樣的道路，不會知道妳將來要變成怎樣的人。這是第二重「不知道」的意義。

還有第三重的「不知道」，一份出於自私的「不知道」。我一點都不想預知妳的未來會怎樣，更不會想要用自己的力量塑造妳的未來，因為那樣就失去了好奇的滋味。我經常回想，妳三歲時的模樣與行為，找不出太多可以連接今天妳的模樣與行為的元素。換句話說，三歲時，我根本無從猜測長到十歲，妳會變成怎樣的一個小孩，那為什麼我現在要勉強用十歲的妳，去定案十八歲，乃至更後來的妳呢？

我一直對將來的妳充滿好奇。人會怕老，會懷念青春，一部分原因就是年紀愈大，生命愈固定，許多可能性一一封閉了。知道自己沒希望當飛行員，知道自己沒希望當詩人或科學家，知道自己沒希望得諾貝爾獎，只能當現在這樣的自己。青春提供的，就是大膽、沒有邊界的夢想；青春最吸引人的地方，就在於對自己的未來，還有許多想像與更多好奇。

我不想預知妳的未來，因為好奇妳的未來，讓我不怕老，沒有中年生命停滯的危機。現在，我想起自己的五十歲，想到的是妳十五歲；想起自己的五十五歲，想到的是妳大學畢業。於是我一點都不怕五十歲、五十五歲的到來，反而充滿了興奮期待，想看看長大後的妳，將會有怎樣的生命風景。

我幹嘛硬要用父親的權力，規定妳的未來，剝奪自己抗拒老去的最大樂趣呢！

我羨慕那樣一起看球的父子，
因為他們有共同的興趣，也就有一生可以溝通的共同話題。
不過沒關係，我們之間有音樂……

我們的共同興趣

我是個棒球迷。多年前在美國留學，假日常常花八塊美金買門票，進波士頓的芬威球場消磨一個下午。球場裡的座位是不對號的，我最喜歡找父子一起來看球的，坐到他們身邊去。那樣的球迷爸爸都會在關鍵時刻，將他累積多年的看球經驗，傾倒給兒子。他會解釋投手剛才投的球路多麼刁鑽，會說打者握棒的方式顯示他預期投手會給什麼樣的球，會提醒外野內野防守者怎樣移動他們的位置。當然，他更會從記憶寶盒裡挖出自己看過最精采的球賽過程、畫面，還有多采多姿的統計數據。我在旁邊免費當學生，看球、理解球的功力自然就快速增加了。

我羨慕那樣的父子，因為他們有共同的興趣，也就有一生可以溝通的共同話題。那樣的兩代交流如此自然、如此親近，我相信爸爸不可能忘掉跟兒子一起看球的經驗；球場上爸爸的叨叨絮絮，也必定會是兒子一生最寶貴、最溫暖的記憶。

我那時候就想：將來無論如何，我要跟我的小孩有一樣的興趣，可以那樣對他說著我的經驗、我的知識。

一直到今天，妳連棒球到底怎麼打都搞不清楚，而且臺灣職棒環境幾度風風雨雨，我自己都不太進球場了，當然就更不可能帶妳去看球，跟妳講什麼球了。不過沒關係，我們之間有音樂。

那天妳上床時，都已經快十一點了，還要拉著我講話，我是應該板起臉來堅持妳馬上住嘴閉上眼睛的。可是妳興奮問的問題，卻讓我狠不下心來。妳問我到底最喜歡哪個作曲家？最討厭的又是誰？現在喜歡還是小時候就喜歡？問我在跟妳一樣的年紀時，我拉什麼樣的小提琴曲子？拉巴哈嗎？

我小時候最喜歡貝多芬。因為在老師家聽到《春之奏鳴曲》開頭的第一句，一整個禮拜那音樂就在我腦海裡，在我無意識哼唱的口頭上。尤其是米爾斯坦拉出的音色，多麼明亮甜美，引我反覆在自己的琴上嘗試，到底要如何才能讓琴那樣歌唱。我鼓起勇氣問老師：「什麼時候可以拉《春之奏鳴曲》？」嚴厲的老師臉上竟然閃過一絲溫柔，沒有罵我，卻說：「快了，如果你夠認真的話。」當下，我第一次覺得學琴還滿幸福的。

我最怕巴哈。因為不管怎麼拉，老師都說：「不對！」而且我自己也都知道不對。樂譜上是那樣寫，我也都照樂譜拉了，可是巴哈藏起來，藏在我找不到的地方。巴哈最常害我挨打，可是我不討厭巴哈。沒辦法討厭巴哈，是因為在老師拉的琴聲裡，巴哈那麼美，讓我真的可以感覺那音樂是要給上帝聽的，我們只不過像是沒買票偷偷溜進去的傢伙，幸運地偷聽到了。巴哈讓我理解，音樂可以好到讓你無法討厭，無法拒絕。

我一直說，妳就一直生出更多問題來，講到快一點了，妳的眼睛還是散放著熠熠光芒，我知道明早上學妳會因睡眠不足而沒精神了，卻無論如何沒辦法強迫自己、強迫妳停止這個話題。畢竟，這是難得我們交換共同興趣的寶貴時光。

那一段日子裡，
我用盡方法吸引妳注意山和海和天空。
於是小孩帶著我，抗拒了時光，再度感染童年的新奇。

再次認識自然

妳從小一開始，就有輕微的近視跡象，只好帶妳去看眼科。有一位謝醫師，我大學時代就開始找她看眼睛。知道妳是我的女兒，謝醫生很自然地提醒：「看書不能看太久喔！」我趕快說：「才小學一年級，字都沒認多少，也沒什麼書讀啊！」謝醫師又提醒：「叫爸爸週末要常常帶妳去郊外玩。」我尷尬地解釋：「可是我們家就住山上，她的小桌子旁邊是一扇大窗，窗外遠遠看得到大屯山和七星山啊！」

而且，那時候每個週末，我們幾乎都開車走濱海公路，有時去到澳底、石城，有時甚至到了宜蘭，從來沒有把妳關在家裡啊！

擔心妳的眼睛，我開始注意妳的習慣，而有了意外的發現。我發現不管是一般出門回家的車程，還是濱海公路上的旅途，妳很少真正抬頭看窗外流動的風光，即使是被要求看窗外、看遠方，妳都很容易被車內身邊一些瑣細的事物分神，或者把小臉湊到前座中央，熱切地跟我們說話。

妳的習慣，讓我覺得陌生又納悶。我是在臺北舊市區街坊間長大的，生活周遭沒有太多自然樂趣。小時候學會騎腳踏車，每天想的，就是怎麼再騎遠一點，騎到遠方飄渺的山那頭去。真的能騎到天母公園，騎到外雙溪，發現自己置身山水之間，那種興奮快樂，永難忘懷。長大一點，回花蓮的路上看天看海，看變換的波浪顏色。再大一點，有一年夏天，瘋狂地連續報了兩個中橫健行隊，先從谷關走到武陵農場，再從梨山走到花蓮。

我不能想像，更不能接受，妳竟然無法感受大自然的巨觀壯麗的美。那一段日子裡，我用盡方法吸引妳注意山和海和天空。車子一從蝙蝠洞旁的隧道出來，整片海亮在眼前，我會要妳回頭看基隆嶼，看海每次不一樣的色澤，觀察海如何細膩地反映天空的陰晴狀態。我會指著不斷拍上岩崖的海浪，分解一個海浪的前後波動線條。我們在鼻頭角的欄杆前，感受海浪細末飛揚在空氣間的冷涼和潮潤。我們下到來來磯釣場站兩個小時，一邊看被困在磯坑裡的小草小魚，還看過大約拳頭大的小章魚，一邊等待潮水漲退。車在公路上跑時，我們比賽誰能看出遠方礁石長得像什麼動物。還曾經特別跑到新竹南寮海濱，看一輪大大的太陽沉落入海中。

說老實話，我不曉得這樣的努力，到底能否讓妳多感受大自然。我至今也還是沒有把握，或許妳真的就是對音樂、對身邊的人與事，有比較高的興趣？不過我確定知道一件事，在這樣的過程中，我自己因而用了更耐心、更細心的方式，重新認識了自然。許多已經視為理所當然的景致，有了不同的、新鮮的意義。我讓自己回到童稚的眼光再看一次自然，得到了許多悸動與感動。

小孩帶著我，抗拒了時光，再度感染童年的新奇。

五歲時，不穩的小手，
靈巧的眼睛，做出了這樣的勞作。

我最不願把妳關在有限的空間中。
我希望妳活在有很多窗戶的環境裡，讓妳習慣感受到外面世界，
自然的或人文的，那麼廣闊，那麼引人好奇。

站在窗邊眺望的身影

「原住民語言裡『北投』是什麼意思？」

「不知道。」

「提示：妳最怕的東西。……想不出來？是『女巫』！」

「我才不怕女巫，我怕魔鬼。」

可是我明明記得妳小時候最怕女巫啊！聽了女巫住在森林裡的故事，妳特別問我，我們家前面小山頭那一片樹，算不算森林？好吧，原來妳現在不怕女巫了，最怕可能藏在黑暗裡的魔鬼。

妳順便問我：「我們家為什麼要有那麼多玻璃？晚上好可怕，我希望我自己的房間都沒有窗戶！」

會有那麼多玻璃，因為捨不得外面開闊的山景，被水泥牆都給遮住了。會有那麼多玻璃，因為要讓陽光進來，人在屋裡都能亮亮地跟自然接近。就算知道妳怕晚上會有魔鬼躲在玻璃外面嚇妳，我還是沒辦法改變這種想法。我希望妳活在有很多窗戶的環境裡，讓妳養成習慣感受到外面世界，自然的或人文的，那麼廣闊，那麼引人好奇。

或許是我自己成長在一個相對封閉的時代吧，我記得小時候那種渴求找尋生命窗口的感覺。成長中最深刻的體會，就是自己的渺小與不足。每多知道一點東西，就被提醒了世界有多大。

我們在電視機前，看到人類登陸月球。可是月球背景的星空，還有更多更多的星光，更多更多的奧秘。我們讀地理課本，得到了基本的尺寸幅度概念，明白了光是一條長江，有十幾個臺灣那麼長。

我不想被關在有限的空間中，只能知道生活周遭和學校課本給予的知識、經驗。我隱約感覺到，外面應該有一個更大的世界，但我需要窗口，才能突破無形的圍牆，與更大更豐富的世界互動。

所以，我最不願把妳關在有限的空間中。所以，我們家除了窗子多、玻璃多，還有書多。書和玻璃一樣，都是通往外在世界的窗口。書和書激起的想像力，在那個封閉的年代幫助了我，讓我了解自然的奧秘，讓我看到別人的生命，讓我懂得統合經驗的道理與邏輯。我把我愛的書，我讀的書，繞著布置在妳身邊。有一天，妳打開其中任何一本，就看到一個之前沒有碰觸過的人間景色，對人有了不同的認識。

我不想也不能去指引、去安排妳對什麼景色、什麼事物會有興趣，但我可以盡量讓妳有最多的選擇。更重要的，我希望讓妳具備開放探求的態度，別急著把自己的生命固定封鎖起來。

畢竟，我們都猜不盡生命的潛能與變化，不是嗎？誰曉得再過一陣子，妳說不定就不怕魔鬼了；誰敢說再過一陣子，妳不會對魔鬼，對曾經存在過的總總魔鬼故事，還有種種與魔鬼打交道的音樂，像是古諾、白遼士的歌劇，或是李斯特的《魔鬼圓舞曲》，發生濃厚興趣呢？

我總覺得，站在窗邊眺望的身影最迷人。

這盞燈在眾多玻璃窗之間亮著，
每天晚上迎接我們回家進門。

不必多久，妳會有妳自己的生活，
妳也會開始帶回來我所沒有接觸過的經驗與知識。
那時候，換做妳變成了我的窗口。

小孩也是大人的窗口

妳去同學家參加生日派對，講好了六點鐘結束，去接妳時，妳不願意走，很委屈地問：「為什麼我要第一個走？」

在等妳慢慢調整心情的過程中，我想起應該差不多就是妳這個年紀，我自己參加過的一場生日。那個年代，其實不流行過生日的。大家都比較窮，也就比較省，還有，沒那麼看重小孩。我們班上有一個同學，爸爸在香港做過生意，觀念作風都跟我們不太一樣吧，比較捨得對小孩好。那個同學早早就開始學小提琴，而且用的是高級的德國琴。

他過生日，邀了三、四個同學去他家。那陣子我跟他很熟，還常去他家，因為要準備班級樂隊比賽，班上的主力是三把小提琴，其中我學的時間最短，當然也拉得最差，那個同學自告奮勇幫我，星期六下午到他家一起練習。因此，辦生日派對，我也就被邀請了。

去之前就說好要吃晚飯。可是玩了一陣子，玩到肚子開始咕嚕咕嚕叫了，他們家的廚房裡卻沒有一點動靜，甚至看不見他媽媽的蹤影。我正在擔心說不定我聽錯了，沒有吃晚飯這回事，等一下回到家裡恐怕連剩菜都沒有了。只見同學的爸爸拎著一串鑰匙，招呼我們跟他一起出門。一出門走上雙城街，過了兩個巷口，他爸爸若無其事地推開一扇店門。

我驚訝得心差點從嘴裡跳出來。那家店，是「統一牛排館」！我們每天會經過那家店，大家都知道「統一牛排館」和德惠街上的「統一大飯店」都是專門賣外國人的。我從來沒想過自己可以走進那個厚重嚇人的大木門裡。

我們進去了，我們坐下了，而且我們真的每個人吃了一客牛排。在那之前，我從來不明白「牛排」到底是什麼東西，更從來沒拿過刀叉吃東西。

我猜那頓飯，自己應該出了不少糗吧！我不記得到底怎麼拿起刀叉，怎麼吃完那頓飯，更不記得到底吃進了什麼味道。我記得比較清楚的，反而是回家後，告訴爸媽我去了「統一牛排館」，當時爸媽的反應。

他們也沒有進去過「統一牛排館」，他們也好奇牛排館裡長什麼樣子。媽媽問：

「真的是用刀叉吃飯嗎？」爸爸問：「一定花了很多錢？」他們輪流問了好多其他問題，關於牛排館的種種，有些我答得上來，有些我完全沒有答案。我在爸爸媽媽臉上，看到我以前沒看過的光采，換成是他們向我探問，要由我來滿足他們的好奇心。

倒過來了，這樣的關係。那一刻，我很自豪竟然擁有爸媽沒有的經驗與知識！我曉得，不必多久，妳也會開始帶回來我所沒有接觸過的經驗與知識。妳會有妳自己的生活，以及那個生活看到的世界，妳會將那個世界的新鮮體會帶回來。那時候，換做妳變成了我的窗口，讓我看到本來我看不到、或是沒機會看到的風景。我無法想像妳帶回來的會是什麼，然而我真心期待著，透過妳幫我看到的未知經驗與知識。

我們一起讀過、討論過的書。
不過妳讀完全部七冊了，我還沒。

真正的完美，是追求完美的過程中，心無旁騖感受到的快樂。
追求完美的人，必須要有強大的自信，而不是外界的認可，
來衡量自己與完美的距離。

追求完美的過程比結果重要

晚上，在廚房裡幫妳準備明天中午的便當菜，一邊聽妳在琴房中反覆練習蕭邦《第一號敘事曲》中的快速八度音群樂段。我把青花椰快速燙過，放在冷水中快速沖涼，熱鍋倒油，放進先準備好的紅蔥和蒜末，再將燙過的青花椰入鍋過油，加點鹽，立刻起鍋。

然後，我發現這個過程中，我無意識地在計算著妳練習的次數。起鍋時，我數到了一百三十九。為了得到妳要的流暢聲音，這一段音樂妳至少連續練了一百三十九次。

看著盤中青綠的花椰菜，我的念頭接著轉到了另一種相似的蔬菜，妳很不喜歡

的白花椰。不只是妳不喜歡，還滿多人不怎麼喜歡。西餐裡，白花椰很常見，不過大概都是擺在主菜旁邊當陪襯，很難得擔任更重要的食材角色。

有一個法國大廚，名叫洛索（Bernard Loiseau），卻挑上了白花椰做為料理上的挑戰。洛索是個了不起的廚師，「米其林三星」的頂級名廚，他是個完美主義者。他想了一個主意，在白花椰外面裹上一層薄薄的糖漿，增加滋味的層次。一次又一次試做，就是要做出最棒的、別人沒吃過的、吃了會嘖嘖稱奇的白花椰。他試了不同方法，煮白花椰、炒白花椰、蒸白花椰，用不同方法做糖漿，鍋熱一點、冷一點、加水或不加水，讓白花椰入鍋滾久一點或滾短一點，滾慢一點或滾快一點。他相信一定能找到那唯一、完美的做法，將白花椰化為經典美食。

他精心調製的白花椰終於推出了，沒想到最早嚐到的美食評論者，給了不怎麼樣的評價。他們覺得滾了糖漿的白花椰，還是不痛不癢配角式的白花椰，沒有讓人大驚小怪的理由。

大受挫折的名廚洛索，就——自殺了。他受不了美食家的負面意見，更重要的，恐怕是他受不了自己竟然沒能將白花椰變成名菜的失敗吧！

我不能、我當然也不會阻止妳在音樂上追求完美，然而我相信完美主義的態度，必須要有一定的「配套」。「完美」不能建築在別人的評價看法上。追求完美的人，必須要有強大的自信，依照自己的標準，而不是外界的認可，來衡量自己與完美的距離。還有，追求完美的過程得到的成就感，其實高過於最後得到的結果。

我相信，洛索反覆試驗白花椰時，應該是快樂的，要不然他無法關在廚房裡和白花椰獨處那麼久的時間。可是他忘了這樣的快樂，本身就是很大的人生成就。體會、領受了這樣的快樂，應該可以對最後的結果瀟灑以對。真正的完美，是追求完美的過程中心無旁騖感受到的快樂，那種單純、沒有任何雜染的快樂。

不論再怎麼了不起的演奏，再怎麼精緻的美食，都不可能讓每一個人都喜歡，都視之為完美。那樣的完美不存在，也不值得追求。

更重要的，以那樣的完美做目標，很容易就變成了洛索的悲劇。洛索死得多麼冤枉啊！

我們合作的解說音樂會，
我輕鬆說著，因為知道有妳可以盡責地示範音樂。

在我們沒有特別注意的情況下，妳已經成長了很大一步。
妳對音樂有著強烈的責任感，讓妳自己，
以及參與在妳生命中的人，穩定下來。

責任感
帶來安穩安心

我要說：謝謝！謝謝妳幫助我完成了一場關於「浪漫主義鋼琴音樂」的解說講座。

開場時我介紹妳，對著大家說：「這是我能邀到配合度最高的鋼琴演奏者。」我沒有說的是：「這也是我最能信任、最覺得安心的一位合作者。」

解說進行中，我愈來愈確定這種信任的感覺，從而覺得即使是自己的女兒，即使朝夕相處，我都還是不斷從妳身上發現新的素質、新的特性。

以前我們就知道妳不怕上台演出，上台很少失常，可是那很可能是因為年紀太小，小到不知道要怕要緊張。稍微長大一點，妳也告訴我們，上台前開始會緊張了，甚至緊張到手指冰冷，必須一直握著暖暖包。不過還好，再怎麼緊張，一上了台，將手指放在鋼琴上，就沒有人察覺得出妳的緊張了。

可是這次準備講座時，我有著強烈的直覺，覺得對於音樂，妳內在有一種奇特的力量，很難準確描述，像是篤定，也像是決心。妳知道自己做得到，或者妳決定無論如何要做得到。不管出於篤定或決心，那種力量會以我能察覺的方式，透入在妳的音樂中，讓我安心。

講座之前，我只大致告訴妳我會講些什麼，需要妳彈奏哪些音樂。每一首曲子妳都至少完整彈了一次，又配合我的解說分段彈了一次。妳的老師在台下，講座之後很心疼地說：「那麼大的曲子都要彈兩次，應該很累吧！」等於妳整整彈了將近一個小時的貝多芬、舒曼、李斯特和蕭邦，差不多一場獨奏會的分量。

然而過程中，妳那份不知從哪裡來的篤定與決心，就從鋼琴那裡源源傳過來，讓我從頭到尾沒有擔心過。我按照自己設計的方式，導引聽眾進入音樂的結構、音樂的故事、音樂的情緒、音樂的敘述，將我對浪漫主義音樂的理解盡量說明清楚。

講座進行中，我甚至還臨時改了一項流程。妳第二次再彈李斯特音樂會練習曲《悲嘆》的開頭，我決定多插一段解說，我走向前，輕輕觸了一下妳的背，妳很自然就停止了演奏，像是妳早已知道我會用這種方式跟妳溝通、提示妳似的。一直到結束，扶著妳的肩頭一起鞠躬謝幕時，我才真正意識到，幫我將這些音樂呈現出來的，是一個小孩，還不滿十二歲的小女孩。

沒有人知道未來的妳會不會成為一位鋼琴家，不過，我當下卻已經很安心地知道，從我的安心感受中很安心地知道，在我們沒有特別注意的情況下，妳已經成長了很大一步。妳對音樂有著強烈的責任感，更重要的，妳的責任感凌駕了許多現實的變數與考量，帶來一種穩定，讓妳自己，以及參與在妳生命中的人，穩定下來。

謝謝妳，讓我在和妳的合作中，得到這種安穩安心。

有一陣子，看一個人的個性，幾乎變成我認識這個世界最重要的方式。或許妳也和我小時候一樣，從書中學習著接近、乃至欣賞和自己不同個性的人。

我們都愛瑪法達

妳不愛喝湯，至少沒有我那麼愛喝湯。不過在生活環境中，像我那麼愛喝湯，喝那麼多湯的人，好像也很難找得到。以前吃飯時，勸妳喝湯，妳會說：「我又不是你！」現在，勸妳喝湯，妳就會講起另一個不愛喝湯的小女孩——瑪法達。妳會模仿瑪法達每次看到湯上桌時，做出的奇怪表情；妳還會記得她把嘴巴上留的一點湯擦掉，苦惱地說：「有什麼辦法擦掉我潛意識裡的湯呢？」

瑪法達是阿根廷漫畫家季諾創造出來的人物，三十多年前被引進臺灣。那個年代，我們對阿根廷多麼陌生（到今天也還是很陌生），但神奇地，透過三毛的翻譯，藉著三毛的高知名度，瑪法達被臺灣接納了，成為讓很多人記憶深刻的漫畫。

包括我。幾十年來，我從來沒有忘記漫畫裡那幾個小孩的模樣，我眼前隨時可以叫出瑪法達、吉也、菲立普、馬諾林、蘇珊娜、米蓋、自由的形影。更重要的，幾十年來，我牢牢記得他們每個人特殊的個性。

菲立普永遠在猶豫，告訴自己應該去做功課了，但又遲遲不去，同時心中充滿罪惡感。馬諾林隨時想著怎樣可以賺錢，可以增加家裡雜貨店的生意。蘇珊娜則只關心白馬王子，未來的丈夫、小孩，婚姻與家庭生活。米蓋是個小小哲學家，想的都是別人想不出、也就回答不出的問題（「拖鞋為什麼要依賴人才能走路？」）……

我不記得小時候將這套《娃娃看天下》漫畫看了多少次，但是記得，這套漫畫讓我開始對人的個性——不同的人有不同的個性，留下了深刻印象。我開始會觀察班上的同學，甚至身邊的大人，試圖理解他們究竟擁有什麼樣的個性。有一陣子，看一個人的個性，幾乎變成我認識這個世界最重要的方式。

長大之後回頭看，對季諾、三毛和《娃娃看天下》有了深一層的感謝。書裡每個小孩都有不同個性，但他們卻每個人都有其迷人之處。就連我小時候最不能認同的蘇珊娜，都留下了讓我忍不住反覆想起的畫面。蘇珊娜舉起她的食指，不滿地說：「我不喜歡它，因為它只能用來說『不』。」一邊說，一邊搖搖她的食指。太經典了，這樣的畫面，這樣的說法。

我無法討厭他們任何一個。原來不同個性的人，有不同可愛的地方。我在閱讀漫畫中學習著接近、乃至欣賞和我不同個性的人。

我注意到，桌上的《娃娃看天下》妳已經看第三遍了。我了解那種忍不住會一直想翻開來，看看那幾個小孩做什麼、說什麼的感覺。或許妳也和我小時候一樣，會把從他們身上看到的個性特色，拿去比對同學，或爸媽、老師的言行？或許妳會因此體認，許多不同個性的人一起相處，往往比類似的人互動，來得豐富、有趣？

很多小 baby 的時光，妳大概都忘了。沒關係，我會幫妳記著。妳生命的一部分，自己來不及記憶的部分，可以保留在我這裡，不會消失，不會遺落。

幫妳留著妳來不及記憶的時光

妳現在經常掛在口頭上的一句話是：「我又不是小 baby！」

吃飯時叫妳要吃這個要吃那個，妳就說：「我又不是小 baby！」過馬路時搭妳的肩阻止妳太快衝出去，妳就說：「我又不是小 baby！」就連提醒妳自己搭捷運時別用跑的衝進車廂，妳也是說：「我又不是小 baby！」

聽多了妳這樣半抗議半回答的說法，我倒是忍不住回想，那當妳還是小 baby 時，到底是什麼不同的模樣呢？

才沒有多久之前，一個小 baby 晚上總難睡著，累了就哭鬧，沒辦法，我們只好開車出去。通常已經是深夜，十一點了吧，我開車，媽媽抱著妳，車在山路上轉啊轉，運氣好，下到橋頭妳睡著了，可以調回頭。通常都要開到故宮，才比較有把握妳睡著了，甚至有時過了故宮，妳的眼睛還是睜亮的，就只好繼續朝大直或天母開。

才沒有多久之前，一個小 baby 開始嘗試各種刺激遊戲。買了一本圖畫書，裡面有小熊和熊爸爸玩各種遊戲的描述。第一招是小熊的腳踩在熊爸爸腳上，讓爸爸帶著走；第二招是爸爸將小熊高舉飛到肩頭上，數到三，再飛下來；第三招是小熊的手臂撐直，手掌抵著爸爸的手掌，讓爸爸將他頂起來……看著書，妳每晚要在床上跟我玩每一個遊戲。後來，妳不照書裡的順序來，有妳自己的選擇，要這個，再來那個，然後這個再來一次。後來，妳只留了其中一個遊戲，爸爸帶著妳轉圈，用離心力讓妳飛起來，一次又一次，「還要一次……」

才沒有多久之前，一個小 baby 吃飯時就坐在我懷裡，讓我一口一口餵飯。很怕燙，更對許多食物沒有信心也沒有興趣，所以絕對不願意自己去碰食物，確認是爸爸選過、吹過的才要吃。開始上幼稚園，我們最擔心的就是：妳從來沒有自己吃飯啊！

還好，妳在幼稚園很快適應了自己吃飯，第一天排隊取餐時，妳沒有排在隊伍裡，被一個同學說：「插隊！」妳竟然回頭罵人家：「死鴨子！」我們完全不知道，妳自己也不知道，這樣罵人的話究竟是怎麼來的。

不過在幼稚園裡是一回事，放學了要吃飯，妳還是兩手空空，一點都沒有要自己負責的樣子。一直到小學二、三年級，都還常常一頓飯吃下來，妳根本沒有拿起餐具來，只管等食物送來時張開嘴巴。

那時候，遇到媽媽或其他人笑妳：「怎麼還像個小 baby 讓爸爸餵？」妳會理直氣壯地回答：「我是小 baby 啊，不然我是大人嗎？」就像妳今天說：「我又不是小 baby！」一樣理直氣壯。

很多小 baby 的時光，妳大概都忘了，現在專心注意著自己「又不是小 baby」的成長。沒關係，我會幫妳記著，這正是人類跨世代一起生活成長的最大好處。妳生命的一部分，自己來不及記憶的部分，可以保留在我這裡，不會消失，不會遺落。

小學一年級暑假，
在東京迪士尼樂園一直玩到深夜，
離開前在禮品店選了這隻小熊，捏牠腳底牠就搖頭。

這是我一向極為看重的基本能力，
如何在關係到切身利益的情況下，不陷入主觀偏見中，願意尊重客觀，接受客觀。
這是「是非之心」的起點。

如果
我不是妳爸爸……

妳去參加鋼琴比賽，五十多位參賽者，可能只有五、六個能夠通過初賽，進入決賽。比了一早上，中午時分，主辦單位宣布：下午還有少年組的比賽，等到少年組也比完了，才一併公布入圍名單。意思是，得等到晚上六點半以後，才能夠知道妳的成績到底如何。

妳慘叫一聲。本來想像無論如何都可以輕鬆一下的下午不見了，必須一直掛記著到底會有什麼樣的成績，也就會一直掛記著自己剛剛在台上彈奏蕭邦大圓舞曲的表現。

這是沒有演奏經驗的人，不容易體會的一種困境。雖然鋼琴聲音是由你的手指創造出來的，但你自己卻無法在彈奏當下，真正準確聽見自己的琴音。因為你太靠近鋼琴了，你耳朵裡聽到的，和一段距離之外，聽眾透過琴身共鳴、場地反響能聽到的聲音，不是同一回事。

常常妳下了台，抱怨鋼琴發不出足夠的音量，我們在台下卻感覺不到那樣的問題。常常妳聽到鋼琴不同音高的音色變化，我們在台下也沒感覺。我知道妳很努力學習著，如何在演奏中，同時放掉自己耳朵中主觀聽到的聲音，去理解、去想像聽眾會聽到的。

不過再怎麼想像，妳還是沒有把握評審聽到了什麼，又會在意什麼。一下午，妳反覆問我：「你覺得我到底彈得怎樣？」「你覺得我會進決賽嗎？」「那你覺得別人彈得好嗎？」

我回答：「如果我當評審的話，有三位參賽者一定會進決賽，妳是其中一個。」妳想了一下，不滿意地說：「那是因為你是我爸爸。」我承認，因為我是妳爸爸，我不可能完全客觀。妳說：「如果你不是我爸爸呢？你還是覺得我會進決賽嗎？」

哇，這問題好難。我努力想了一下，說：「我覺得如果我是妳的對手的爸爸，還是會認為妳該進決賽，就像我雖然是妳爸爸，我還是覺得另外兩個人彈得很好，應該進決賽一樣。」妳想了想，臉上有了一個比較安心些的表情。

後來一直等到快七點，成績才公布，妳入圍了，而且另外兩個我提到的參賽者也入圍了。我覺得滿欣慰的，不是出於猜對了或聽對了的那種情緒，而是證明了我的看法，不是單純源自妳是我女兒的主觀態度。不管再怎麼主觀，我還能保有一定程度客觀衡量的冷靜。

這是我一向極為看重的基本能力，如何在關係到切身利益的情況下，不陷入主觀偏見中，願意尊重客觀，接受客觀。這是「是非之心」的起點，也是人擺脫自我中心的核心力量。盡量脫開自我感受，考慮不同立場的人會有的感受方式，我們對這個世界才會有準確些的認知，也才能減少不必要的忿忿不平吧！

這些年跟妳說過最多次的話，竟然是：「快一點啦！」
我一直以為慢吞吞是因為妳「不為」，其實是妳「不能」。
好吧，我會盡量讓妳做妳自己，不要催妳。

「動作快會要我命！」

每天晚上妳準備要去睡覺前，我都忍不住回憶著我自己的小學生活。

小學六年級，我們四點鐘放學後，班上大部分的同學就一起從後門出來，越過林森北路，走進雙城街十三巷，魚貫走上一道窄窄的樓梯，三樓是我們導師的家。至少四十個小孩把老師家擠得滿滿的，每個人分到一點桌面，開始寫功課。通常我們會比賽誰寫得比較快，不過如果寫得太快太潦草，有可能在拿給老師檢查時被打回票，那就得擦掉重寫。有人寫完了，而且通過老師檢查了，老師就會把原本準備好的小黑板拿出來，上面是數學作業的詳細解答。寫好的去對答案，有錯改一改，改好了就回家。其實，常常還沒有寫好的人，也會想辦法瞞過老師的眼光，偷偷到小黑板前面去抄答案。

反正五點鐘左右，我們就都上完學，而且也補完習、寫完作業了。回到家就都是自己的時間了。三十多年過去了，我幾乎都記不起來那樣的時間，從五點到十點，到底怎麼過的。我只記得一種被強調的悠閒感。大人們都還記得才幾年前，小學上初中要經過聯考，小六學生得準備考試，念書念得天昏地暗。我們屬於直升國中的新世代，沒有了那種壓力。

如果靠近快要去上琴課的日子，我會拎著琴到頂樓練一、兩個小時。會在吃晚飯的時候，看一段電視上播的《雷鳥神機隊》。會自己在家門口胡亂跑來跑去，幻想化身為報紙上連載武俠小說裡的大俠。對了，會拿起報紙來，不管看得懂看不懂，從第一版一直看到最後一版。會去民權東路那頭的「盛大行」，站在書架前，抽出一本《亞森羅蘋》或《小五義》來看。會到隔壁巷子開修車廠的同學家裡，看他們的工人在車子底下鑽進鑽出。有零用錢時，會到巷口的玩具店抽牌子，五塊錢抽十張，中獎的話最多可以得五十元，不過通常都只能換到泡泡糖。

我從來沒有覺得時間不夠用。時間多得是。我也從來沒有被大人催促過。沒有人叫我早上動作快一點，也沒有人叫我晚上趕快去睡覺。

可是，為什麼我覺得這些年跟妳說過最多次的話，竟然是：「快一點啦！」尤其是妳晚上就寢前，從洗澡到收書包到準備明天的衣服到刷牙上廁所，可以足足耗掉一個多小時，我和媽媽就不知道要講多少次：「快一點啦！」

我忍不住正正經經地問妳：「為什麼妳不能動作快一點呢？快一點不就可以多做一些事，也多一點時間可以休息嗎？」

妳也正正經經、不加思索地回答我：「動作快會要我命！」

我從來沒想到是這樣的答案，大笑一場之後，我懂了。我一直以為慢吞吞是因為妳「不為」，不願意快一點；而妳告訴了我，其實那是妳「不能」，妳就不是像我和媽媽這種急性子。

好吧，我會盡量讓妳做妳自己，不要催妳。不過我不敢保證一定不會再催，因為有時我也覺得：「不催妳會要我命！」

回到童稚的眼光再看一次自然，
那些理所當然的景致，就有了不同的、新鮮的意義。

生活的最大樂趣，就在於不會一切都按照我們的規劃進行。因為偶然，因為是無從控制的，更令人愉快，更值得珍惜。

值得珍惜的生活偶然

我們從北埔沿著三號省道朝北走，一個路口搭了簡單卻醒目的牌樓，上面大字寫著「峨眉柑橘節」。車子開過了，再迴轉掉頭，冬天的四點半，還剩下一點天光，加上我們都愛吃橘子，就去看看吧！

「柑橘節」在馬路上擺開了許多小攤，放眼過去都是澄黃黃的顏色。參觀的人稀稀落落，還沒有擺攤的人多，攤商們也就準備要收拾回家了。車門一打開，寒流氣候下的強勁冷風馬上灌了進來。那時才剛上小學一年級的妳，叫了一聲：「好冷！」我們決定讓媽媽下車選買一袋橘子，然後就上路。

冬天過去，春天來了，我們又到新竹，又走三號公路，經過那個路口，記起了這段買橘子的事。我轉了方向盤，去看看上次只待了十分鐘的峨眉，到底長什麼樣子。灑著陽光的道路前進，很快經過上次辦「柑橘節」的路段，現在空蕩蕩的只有路邊一所小學。繼續往前開，出現了「峨眉湖」的標示。啊，有湖呢，那當然非去看看不可了！

喔，原來不只有一個小湖，環繞著湖邊還有熱鬧的市集。和其他車輛挨擠著進了收費停車場，下來逛一逛，結果就逛了一下午。那裡有客家食物，有農產品，有手工藝品，樣樣東西對妳都是新鮮的。最後，我們停留在一個賣花賣盆栽的溫室農園裡，在各種植物間繞了好久。妳選了一小盆「金錢草」，上面長了幾十片直徑不到一公分的渾圓金錢草葉，可愛極了。

後來很長一段時間，學校要交的週末「生活小記」中「幫忙做家事」一欄，妳填的都是「澆花」。老師一定以為妳是幫忙照顧我們家院子裡的植物，其實妳負責的，只是每天睡前給放在浴室裡的金錢草小盆栽澆水。

三年級的寒假，我們去了一趟日本旅行，回來時發現留在浴室裡的金錢草悉數枯萎了。妳很難過，我也覺得很愧疚，存著一絲希望，還是每晚給它澆水。幾天之後，神奇地，盆中發出了極小極小的新芽，好細好柔！

下次又要出國旅行時，我記得了將金錢草放到院子裡，會有鄰居來幫忙澆水，金錢草就不會枯掉了。回來之後，看到金錢草長得比原先在浴室時更繁茂，我們就決定先不把它搬進屋裡來。幾天之後，突然下暴雨，大水淹沒了院子，金錢草的小盆翻覆了，雨停水退之後，只找到了空盆子，金錢草不見去向。

我們都以為金錢草沒有了。過了一、兩個月，卻在院子一棵樹下，發現了新長出的金錢草小芽，還是一樣又細又柔。再過一、兩個月，別的地方也長出了金錢草。最神奇的事發生在冬天。入冬之前，院子裡除過一次草，在沒有了雜草、空蕩蕩的地上，最早冒出來的，就是金錢草。接著愈冒愈多，在我沒有特別留心的情況下，突然間，金錢草佔滿了整個院子土地，圓圓的草葉鋪成一片，風吹來還會微微搖曳。而且長滿金錢草的地上，沒有了讓其他植物插足生長的空間，以前總是讓人看了礙眼的雜草也不見了！

看著這些既柔弱卻又旺盛的金錢草，我真正體會到生活的最大樂趣，就在於不會一切都按照我們的規劃進行。從峨眉到金錢草，到一整園的可愛草綠，都出於偶然。因為偶然，因為是無從控制的，更令人愉快，更值得珍惜。

之四

和妳一起，張望世界

黃上衣男孩竟然如此自然地做到了許多老師做不到的事。
他只是讓藍短褲相信自己：
接不接得到球，是自己可以控制的，也是自己可以負責的。

日常英雄

今天在公園裡，妳對著夕陽盪鞦韆時，旁邊籃球場上的熱鬧活動很自然地吸引了我的眼光。妳知道我多麼喜愛籃球，在家裡沒事無聊時，就伸展手臂假裝手裡有一顆籃球，朝著想像的籃框專心地投去。我不只愛打球，也愛看球，隨便什麼樣的人打球，都能讓我看得出神。

我看到最角落的籃架下，來了一群小孩，應該是國中生吧，他們的動作還很稚嫩，幾個人聚在一起，沒什麼章法地搶球、投籃。很快地，他們之間又分出程度來。有的可以模仿運球上籃的動作，有的可以跳投，有的卻只能站在定點朝籃框拋射。最糟的是一個穿深藍短褲的男孩，他投籃不準，傳球會偏歪，而且不會接球。

因為他怕球。球朝他的方向去，他就本能地躲。他愈躲，愈不懂得用手擋球接球，就愈是容易被球打中，於是就愈怕球。

看他打球，是件折磨。他那麼怕，那麼笨拙，偏偏就又老是被球打到，現出更笨拙的狼狽模樣。距離太遠了，我聽不清楚他們說話，不過我判斷其他男孩開始取笑這個藍短褲，國中男生會說的取笑的話，一定很難聽。

也不能怪這些男孩，我自己知道，跟這樣怕球、不能接球的人一起打球，真是折磨。我想，唯一解決的辦法，是那個藍短褲自己知難而退，別跟大家攪和了吧！然而，或許是不願孤伶伶一個人被隔在場外吧，藍短褲堅持在場裡跑來跑去，人家在打籃球，他卻比較像在玩躲避球。

一陣子之後，其中一位黃上衣的男孩抓住藍短褲，把他拖到旁邊，拿起另一顆球，開始教藍短褲如何接球。黃上衣先站得很近，輕輕傳球，一次又一次，然後慢慢站得遠些，再輪流用反彈球和空中飛球丟給藍短褲。我很驚訝，這個黃上衣男孩可以那麼有耐心。我盯著黃上衣看，我更驚訝了。因為他的表情，藍短褲沒接到球時，他沒有一點嘲笑，沒有一點「怎麼連這樣也接不到」的責備，而當藍短褲意外接好難接的球，黃上衣也不會特別稱讚鼓勵他。黃上衣就那樣一次一次理所當然地傳球。

只有幾分鐘的時間，我看著自信在藍短褲的動作上、表情上建立起來了。他不再覺得接球那麼難，但我相信他也沒有覺得接球那麼容易，而是他感受到如果他要、如果他努力，他就可以接得到球。是他自己的選擇，他自己的行為，決定了能不能接得到球。

我很感動。那個黃上衣男孩竟然如此自然地做到了許多老師做不到的事。他沒有教藍短褲怎麼接球，他只是讓藍短褲相信自己：接不接得到球，是自己可以控制的，也就是自己可以負責的。

妳從鞦韆下來時，藍短褲和黃上衣已經回到球場上了。黃上衣連續投了幾個球都沒進，還有一次傳球出界，然而我卻覺得我在看著一個英雄，一個日常英雄。

努力爬啊，
專心認真克服眼前的困難。

透過李斯特，我們碰觸到了人內在最狂暴的熱情；
透過蕭邦，我們經歷了最快速又最複雜的情緒轉變，
可是多少在臺灣學琴的人，卻不懂得為自己演奏。

為自己而不是為別人演奏

在新竹，英國鋼琴家賀夫指導「台積電鋼琴大賽」得獎者的大師班上，一個高中女生上台，乒乒乓乓以又強又快的靈活手指，彈了李斯特的《第十號超技練習曲》。曲音落下，賀夫好一陣子找不到話說，勉強稱讚：「完全沒有熱身，一上台就能這樣彈，很不容易呢！」

然後賀夫拿起樂譜，問那女生：「曲子這段有個標記，Desperato，是什麼意思？」那女生盯著譜，眼神迷茫，好像才第一次發現那裡有這樣一個奇怪的字。把每個音符都彈了的女生，卻沒有注意李斯特在那裡寫了什麼。義大利文「Desperato」不是個冷僻的字，英文裡有完全同義的「desperate」，一種強烈的衝動。

簡單講，就是人寧可不要命都要去追求的東西，正因為追求不到，所以更無法停止追求，這樣的絕望感受。

賀夫說：「就像拜倫站在懸崖邊的那種衝動……」不過，看來那個彈琴的女生也不知道拜倫是誰，為什麼他要站到懸崖邊去。女生把李斯特的曲子彈了，然而她是她，曲子還是曲子，她並沒有試圖要了解李斯特寫這首曲子的用意，也沒有打算藉由演奏這首曲子，表達自己內心什麼樣的激情、什麼樣的感受。

賀夫想要教的，其實不是怎麼彈，毋寧是為什麼要彈。他甚至都說出：「妳彈得太正確了……」這樣聽來很奇怪、難以理解的話。他的意思是，一個絕望的人，怎麼還能考慮那麼多？他內心必定有狂風暴雨正在襲打，狂暴情緒佔領了整個人，那才是李斯特作品想要表達的啊！

我想我知道，那個女生從來沒想過自己為什麼要彈這首曲子，她把這首曲子單純地看做練習曲，不過就是技術展現的工具。彈鋼琴就是把技術練好，把技術表現出來，太多在臺灣學音樂的人，就是用這種技術角度來看待音樂。

我們上次一起聽過一位號稱神童、小學沒畢業就去美國學琴的小孩演奏，她彈蕭邦二十四首前奏曲，竟然可以從頭到尾傻笑以對，完全沒有投入各首曲子裡那麼不同的情緒，好像最重要的，就只是快樂慶幸地展示自己有本事彈這些曲子，如此而已。

本來，音樂是擴充自我經驗的重要管道，透過李斯特的曲子，我們碰觸到了人內在最狂暴的熱情；透過蕭邦的曲子，我們經歷了最快速又最複雜的情緒轉變，因而我們的生命變豐富了，我們的感受變敏銳了。可是多少在臺灣學琴的人，從來沒有進入音樂真正的生命核心。他們只學會了為別人演奏，卻不知道，懂得為自己演奏，弄清楚自己跟音樂之間的關係，更重要千百倍。這是多大的損失，這是多大的浪費啊！

妳生平第一場鋼琴獨奏會的現場錄音。
妳自己選了一張看不到臉的相片當封面。

我將心思與情感空出來，去找一個有歌有理想的新世界。
生命真正的清涼只能來自於開朗自由，
不被世俗瑣碎顧慮困鎖的態度。

「我涼涼的歌是一帖藥」

我去參加了余光中先生八十歲生日的祝壽場合，殷正洋帶著樂團唱了三首歌，都是以余光中的詩改編的。〈迴旋曲〉、〈民歌手〉是楊弦譜的曲，〈鄉愁四韻〉則是羅大佑的版本。殷正洋說，他重新練習唱〈民歌手〉，唱到「打開小客棧的門／一個新釀的黎明我走進／一個黎明，芬芳如詩經」，眼淚幾乎留下來，他感慨現在的小孩還能懂得《詩經》的芬芳嗎？

我聽殷正洋唱，聽到這一段，也幾乎留下淚來，百感交集。一方面感動於音樂的記憶如此驚人，那麼久以前的歌，我都還能從頭到尾歌詞一字不漏地在心裡跟著唱；另一方面則記起十幾歲時聽這首歌的那種興奮情緒。

〈民歌手〉多麼貼切地呼應了我少年時的想望。詩裡的「民歌手」，從自己的土地上獲得生命與靈感，邊走邊唱，唱出一片新的世界出來，治療了那個時代的病：「我涼涼的歌是一帖藥／敷在多少傷口上。」

余光中是從美國六〇年代的民歌手，像巴布．狄倫、瓊．拜茲等人得到了刺激啟發。這些歌手用他們好聽的歌，唱著反對越戰、反對年輕人上戰場、反對僵化規條拘執的信念，同時也從美國民間找出許多音樂元素，重建了美國的音樂傳統。而當時臺灣現代詩的主流，還是「橫的移植」而來的「超現實主義」晦澀風氣，所以余光中「以詩明志」，他要將自己改造成一個貼近土地、貼近人民的「民歌手」，同時改造詩，改造社會，也讓大家重新嗅聞到《詩經》的芬芳與清新。

十幾歲時，我當然還沒有辦法理解那麼複雜深刻的東西。但我從詩中體會到最值得珍惜的生命夢想——那種邊走邊唱的自在自由。唱自己真正喜歡、相信的歌，為自己而唱，然而正因為為自己而唱，就能唱出感動別人的歌，讓別人也一起來相信我所相信的。

「我涼涼的歌是一帖藥／敷在多少傷口上。」任何時候聽到這句歌詞，我身上都彷彿可以感受到清涼拂面，也對照感受到一般生活中必然有的煩躁燠熱。我明瞭了，生命真正的清涼只能來自於開朗自由，不被世俗瑣碎顧慮困鎖的態度。

三十年前，我在上學路上一個人唱著〈民歌手〉，拿書包背帶當假想的吉他指板，反覆練習著這首歌的和絃。很自然地，每天從早到晚不停的考試，一波又一波的分數，從我的意識退得愈來愈遠。我對於生命生活的想像理解，已經能夠讓我不在意、不計較那些考題、那些分數，我將心思與情感空出來，去找我真正喜愛的新世界。我還不曉得會找到、會投入怎樣的新世界，但我確定那必然要是個開闊、清涼、芬芳、舒服的世界，一個有歌有理想的世界。

唱自己的歌，找到自己想要說服這個世界理解的夢，是我年少時成長最重要的啟發，我當然希望妳也能得到這項人生美好的禮物。

冬日在日月潭涵碧樓，
我其實並不知道自己也被拍進畫面裡了。

別人給的答案，或許方便，然而就減少了讓妳迷疑摸索的過程。
那迷疑摸索的過程，在決定妳將來會變成什麼樣的人上面，
比答案重要一百倍一千倍啊！

迷疑摸索的過程

我在差不多妳現在年紀的時候，腦袋裡經常有各式各樣的奇想與疑問。很多甚至不是我自己去想出來的，自自然然莫名其妙就掉到我腦袋裡。

我還清楚記得，有一個晚上我怎麼樣都睡不著。起因是自己在腦中畫寫幾個字，寫到了最簡單的「王」。然而很怪，想像中的那個「王」，最底下的一橫沒有辦法準確地與中間那一豎會合。在腦中，我看到「王」的一豎從底下凸出來了。很簡單，我想像把那一橫擦掉，往下面移一點，這樣總能接上中間那一豎的終點了吧！

更奇怪的事發生了。想像裡那太長的一豎，隨著一橫往下移，也跟著變長了，

於是又還是凸出在一橫外面。

不管我怎麼畫，腦袋裡的那個「王」就是沒辦法乾淨俐落地終結。中間那一豎永遠都在一橫之外，多出了那麼一小截。我想像的「王」字愈來愈長，可是不管長到什麼程度，中間那一豎就是不肯乖乖被擋在一橫裡面。我想著，如果那一橫畫得很遠很遠呢？然而，無論再怎麼遠，一豎都還是可以比它多出那一小截，絕對沒有終極解決的辦法。

就這樣想了一夜，睡不著，第二天在教室裡一直打盹。多年之後，我明瞭了，那應該是我第一次碰觸到「無限」，理解到空間無限的事實。我當然想不出來空間的終點在哪裡，所以就睡不著了。

多年之後，我還讀到了王文興寫的很短很短的短篇小說。寫一個小孩，好玩地自己畫起明年的月曆來。畫完明年的，意猶未盡又畫了後年的，然後就這樣一直畫下去。畫了半天，停下來一看，啊，自己竟然畫了快一百年的月曆，換句話說，到他手上正在畫的日子時，他一定已經死了！意識到這件事，他忍不住大哭起來。

這是讓我很震撼的一篇小說。因為那個小孩，跟我當年一樣，在沒有防備的情況下，接觸了時間上的「無限」，對應對照自己有限的生命，不禁悲從中來。

小時候學過的東西，大部分都忘記了，反而是沒有學，或者該說，沒有人事先給過答案的經驗，長留著忘不掉。我先經驗、體會了「無限」，以及「無限」觀念帶來的困擾，才聽到人家如何解釋「無限」，於是「無限」就變得容易掌握，我就沒有被物理或數學上任何與「無限」有關的問題難倒過。我只要回頭記起，自己腦袋裡那個永遠合不攏的「王」字，或是王文興筆下嚎啕大哭的小孩，「無限」就如實在那裡。

最近妳常怪我「不好好回答妳的問題」，問我很多事，都得不到明確的答案。那一半是因為我沒辦法跟隨著妳腦袋的轉法，弄懂妳的問題，也就無法回答；但還有另外一半，因為我不想剝奪妳自己去感受困惑、被困惑糾纏的體驗機會。別人給的答案，或許方便，然而就減少了讓妳迷疑摸索的過程。那迷疑摸索的過程，在決定妳將來會變成什麼樣的人上面，比答案重要一百倍一千倍啊！

我最不願看到的，就是簡單粗糙地以為選擇最早出發、跑得最快就是對的。
先取消了太多也許可以去的人生車站，
把自己弄得狹窄貧乏，那樣跑得再快能幹嘛？

搭五點零六分去等五點的

去高雄回程時，上了高鐵車廂，對著車票上的數字，找到我的座位。啊，上面坐了一對年輕夫妻。我把票遞出去給他們看，他們也從口袋裡掏出他們的車票，車廂沒錯，座位也沒錯，不過再一看，他們買的是五點鐘發車，而我買的是五點零六分發車的。

後面一排的乘客熱心地說：「這是五點零六分發的沒錯！」年輕夫妻趕忙道歉，起身就要往外面走。因為我自己剛剛才走錯過月台，知道五點那班停靠在第二月台，得先上樓再下樓，等他們到那邊，五點的車一定開走了。於是就多問他們一聲：「要到哪裡？」原來他們也是去臺北。我建議他們不必去趕那一定趕不上的五點班車，可以換到後面自由席車廂就好了。

「這樣反而還可以比較快到臺北啊！」我很自然地補了一句。「比較快到臺北？」年輕的先生很疑惑，聽不懂我在講什麼。我只好解釋：「五點鐘的，沿途停靠比較多站，到臺北七點；五點零六分的，只停臺中、板橋，反而六點四十二分就先到了。」所以要去臺北的，大部分都搭五點零六分，不會搭五點的。

我順便解釋：原來以為他們應該是要到別的地方，才買五點那班的車票，我還閃過念頭，如果他們要去新竹或桃園，只要比臺中北邊的城市，他們一樣可以安心搭這班車，到臺中下車，再換等原來五點出發的那班，還可以來得及。

「搭五點零六分去等五點的。」年輕的先生意味深長地講了這樣一句話。他有點不好意思地說明，他們是第一次搭高鐵上臺北，買票時沒多注意，理所當然買了比較早的車班。

他們往自由席車廂走去，我在自己的位子上安坐下來，車子開始緩緩移動。望著窗外朝後逝去的月台，剛剛年輕先生的那句話一直在我腦中迴響：「搭五點零六分去等五點的。」

突然，這樣一句別人可能覺得莫名其妙的話，變成了人生成長的隱喻。不見得早出發的，就會早到達。就連高鐵這樣看來沒有任何彎曲歧路的交通工具，都會因為不同的考量，而有前後時間差，得依照自己要去的旅程，選擇不同的班次。

先走的不一定先到，還有，有些地方，跑得快的班車偏偏就到不了。

人生有更多可能性，也就有更多不同的時間衡量尺度。我最不願看到的，就是簡單粗糙地以為選擇最早出發、跑得最快就是對的。沒有準備好就急著跑，會耗掉許多冤枉的時間；更糟的是，草率設定一個目標拚命朝那裡跑去，我們就會忘記要看看其他可能的目的地、其他可能的路線，我們更就無從安心體認路途過程的經驗。換句話說，我們先取消了太多也許可以去、應該去的人生車站，把自己弄得狹窄貧乏，那樣跑得再快能幹嘛？

有時，輸比贏更重要，
因為痛苦比快樂留存得更久遠，也就往往教會我們更多東西，
提醒我們去問自己：為什麼那麼在意？

在運動場上「學輸」

小學時，學校好像隨時都在比賽。整潔、秩序是一定要比的，然後有作文、演講、畫圖這種班上要選出代表去參賽的，還有其他要全班一起練習、一起參加的。像是班級樂隊比賽，以及各式各樣運動項目，躲避球、大隊接力等等。

班級樂隊我們班向來很強。我們有三把小提琴，兩把口風琴，還有足夠的木琴、鐵琴可以突顯旋律，壓過數量龐大、聲音鬼魅的塑膠笛子，所以幾乎年年得第一名。那麼多年後回想，我完全記不起一次次班級樂隊比賽的情景，連演奏什麼曲子、如何排練、如何上台下台，通通沒有印象。

然而相對地，四年級的躲避球比賽，卻怎麼也忘不掉。四年級剛換的導師，前一回帶的班連續兩年拿到全校冠軍，老師因而被視為「躲避球專家」，也因而我們班的表現格外受到注意。比賽前兩個月，先是體育課的時間，接下來用早自習時間，乃至中午休息時間，我們一再被拉到操場上練習。如果固定的躲避球場有別班使用，老師二話不說，叫我去器材室拿用石灰畫線的工具，立刻在操場中央畫出臨時球場來。

我很快學會了畫很直的直線，還能用目測快速地量出一個大致合乎標準的場地來。我一邊畫，其他同學已經在旁邊先進行傳接球和閃躲練習了。

他們不等我，他們不必等我，因為全班只有我一個人不上場。全校比賽場次太多，體育老師不夠用，所以每班要派一個學生幫忙當裁判。我就是那個裁判代表。班上同學分邊對抗時，我就負責吹哨子，順便練習該怎麼當裁判。

大家練得很努力，每天都有人膝蓋擦破皮，有人腳踝扭到。後來練到連本來最膽小的女生也不會尖叫了，可以鎮定地觀察注意球的去向。老師說，整個年級只剩下八班是我們的對手。八班的導師是體育組長。

偏偏抽籤的賽程，我們準決賽就碰上了八班。那真是一場緊張的對決，場外圍了滿滿的學校師生。感覺上好像費了一整個下午的時間，我們幾度差點將他們剃光頭結束比賽，最後卻遭到他們頑強逆轉，輸了。

終場哨音響起，班上最悍的攻擊手，最高大的男生，最先哭出來。大家哭成一團，有人站著哭，有人蹲著哭，女生抱在一起哭。我也哭了，站在場外哭，哭得比場內的人更厲害、更難過。

到現在都還覺得遺憾，沒有機會跟大家在場中一起面對失敗。那種經歷努力，付出血汗代價，最後一起輸掉的感覺，我無緣參與。那種當下受到挫折打擊，但回頭卻能在人生記憶裡留下永恆印象的奇妙片刻。

有時，輸比贏更重要，因為痛苦比快樂留存得更久遠，也就往往教會我們更多東西。尤其，如果是在拚了命努力的情況下輸的，那痛苦會久久不去，提醒我們理解自己究竟在意什麼，也提醒我們去問自己：為什麼那麼在意？

看到你們熱熱鬧鬧地開運動會，可以感覺到師長保護你們的強烈用心，盡量淡化輸贏，讓大家都高高興興。然而，我不免懷念起自己那相對沒受到那麼多保護的童年，慶幸還好我小時候獲得夠多「學輸」的經驗，讓我明白，「輸」不見得是壞事，常常「輸」而不是「贏」反而能留給我們更深刻的生命體驗。

但願妳能學會如何一方面保護自己，
一方面坦然寬心地對待陌生的地方、陌生的事物，
轉化成自己生命中豐富的內容。

學會無懼地張望世界

跟我們很親近的朋友，夏天時全家到土耳其旅行了三個星期。那麼長的行程，當然不可能找旅行社跟團，都是自己一程一程仔細安排的。

我們看著他們從土耳其拍回來的相片，其中有一張，畫面上格外有味道。看得出來是帶點薄霧濕氣的清晨，媽媽帶著兩個兒子在一條空蕩蕩的馬路邊，三人臉上都帶著複雜的表情。

我直覺以為那是旅行到第三星期時的留影，看得出旅行的疲憊，但中間又有見識了許多奇觀異景而來的滿足，所以感受複雜。我猜錯了。那是他們抵達土耳其的第二天。前一天飛機在伊斯坦堡落地，他們立刻搭上了長程巴士，連夜前往一座古城，沒想到天還沒亮，巴士司機就將他們叫醒，說他們要去的目的地到了，將他們趕下車。

他們拎著沉重的行李，走到天亮都還沒真正進入古城。疲倦、緊張與好奇的混和，是複雜表情真正的原因。

我很佩服他們這樣的冒險精神，也很羨慕這樣的行程會遇到的奇特經驗，然而我想我沒有那種勇氣，帶著妳去走那樣的旅程。我誠實地說：「帶著小孩度假旅行，我還是習慣選擇日本。」

為什麼是日本？因為在日本，你知道什麼時候火車會來，火車就一定會來。你知道巴士會走到哪裡，巴士就一定會到那裡。走在日本的街上，不管什麼樣的鄉下小城小鎮，你會看到經過悉心安排的各種美景，雖然陌生，卻不必擔心有什麼不測的人事物突然闖出來驚嚇你。

這樣的日本，沒那麼刺激，卻讓人安心，而在陌生環境中可以安心，是我很珍惜的難得文明成就。

人類歷史上，絕大部分時間在絕大部分的社會裡，陌生就等同於危險。人只能在自己熟悉、隸屬的小小空間裡感到安心，本能地對陌生事物採取敵對防衛的立場。多麼幸運，靠著多少年的文明發展，今天我們才能讓陌生跟危險脫鉤，我們才能安心地到像日本那樣的地方旅行。

我希望將來妳也能體會、珍惜這種文明享受，並且成為傳承、擴大這種文明成就的新力量。但願我能在跟妳相處的時間中，教會妳懂得不會為了自己的一時情緒、一時任性而驚嚇別人，讓自己成為別人生命中安心安穩的因素。但願妳能學會如何一方面保護自己，一方面坦然寬心地對待陌生的地方、陌生的事物，不斷容納進原本陌生的東西，轉化成熟悉，轉化成自己生命中豐富的內容。

或許有那麼一天，我們可以擁有夠強悍的文明信心與準備，去到世界任何角落，都能沒有恐懼、沒有猶豫，始終興味盎然地觀察、體驗、吸收。

大雪紛飛的日本北陸之旅，
妳自在地往後靠，賴在我們身上。

唯有放到生命經驗關係中去理解，知識才能真正變成我們的。
死背可以換來一時的一點分數，
不靠死背而是靠聆聽體驗的音樂道理，卻可以跟隨妳一輩子。

別死背抽象漂浮的道理

少年時代，我沒有正式學過樂理，我甚至不曉得樂理應該單獨成為一門知識。高中上音樂課，老師問什麼問題，我都很自然地在底下嘟噥出答案，老師突然說：「班上有人學過樂理喔！」

我的樂理，是小提琴老師「順便」教的。老師對於練習樂曲，有很高、很嚴格的要求。下課前給練習進度，我回家就得先將曲子的那個部分反覆練習，到可以背譜演奏。下次到老師家，先背譜拉一次，通常老師都鐵青著臉沒有笑容，冷冷地說：「把譜打開。」

譜打開，老師一樣一樣問，譜上寫的到底是什麼。調號、拍號、強拍弱拍，到每一條圓滑線、每一個表情記號，老師堅持我必須弄明白它們的意義，然後再看譜拉一次，確認有按照譜上寫的做。

這樣的程序，讓我明瞭了各種拍子、各種大小調。後來隨著樂曲的複雜程度，又加進了對於和聲的注意。先是協調音與不協調音，接著是各種和紘及其意義。什麼是穩定終止的和聲，什麼是過度的和聲，什麼是不安定有待解決的和聲。我從來沒有背過和紘的名稱，但我愈來愈清楚每個作曲家安排的和聲順序是有道理的，演奏者必須按照和聲順序變化音樂，才能製造出對的聲音來。那時候，我並不曉得，這就叫做「和聲進行」。

我沒有學到整套的樂理，我學到的其實是一套為了演奏樂曲必須的工具。什麼樣的曲子，多增加了什麼樣的理解與演奏困難，老師就教我多一點處理的工具。慢慢地，工具與工具之間有了交錯關係，我就可以在老師還沒教之前，多領悟出解決的辦法。

妳在學校裡學的樂理，很快就出現我幫不上忙的內容了。你們的教法，是把相關的東西一次窮盡教完。教譜號，除了高音低音中音外，還要連次女中音譜什麼的一起叫你們背起來。唉，我一輩子還真沒機會看到次女中音譜呢！我看譜聽音樂，也一輩子沒看過你們樂理課本寫的那些複雜的相通拍。一旦不知道那些拍有什麼機會在樂曲裡通來通去，我就怎麼也搞不清楚作業的答案了。

真抱歉，妳不懂的爸爸也不懂。爸爸不懂沒什麼關係，讓我比較擔心的，是這樣離開樂曲，離開音樂本身，這些抽象漂浮的樂理，你們真的有辦法吸收嗎？更重要的，就算你們現在背下來了，很可能往後十年，除了考試之外，在欣賞與演奏上，你們都用不上那些相通拍知識，這樣學習有意義嗎？

不管是音樂或其他，我都還是不願妳勉強死背，我都還是相信唯有放到生命經驗關係中去理解，知識才能真正變成我們的。死背可以換來一時的一點分數，不靠死背而是靠聆聽體驗的音樂道理，卻可以跟隨妳一輩子，幾十年幫妳更深入體會美好的音樂。

將運動比賽的過程當做目的，而勝敗只是這主要目的的副產品。
藉由比賽變成「更好的人」的價值與信念，
才是「運動家精神」的核心吧！

運動家精神
不只是「勝不驕敗不餒」

在報紙上看到王貞治，日本職棒生涯全壘打紀錄保持者，談起棒球。他提到要體貼弱者，特別講了臺灣復興少棒隊到美國威廉波特比賽，明明領先了很多分，卻還是用短打、盜壘的方式搶分，就是不體貼對手的做法。

球賽是球員打的，但策略卻是大人，老師、教練定的。記者去問了復興少棒隊的教練，他的解釋是：過去曾經有一局被打下十幾分而逆轉輸球的經驗，所以不能掉以輕心。言下之意，「為了確保取勝，再多分的領先都不算太多啊！」

讀到這條新聞，我很感慨，甚至有點難過。我知道王貞治在講什麼，可是復興少棒隊的教練卻完全不明白。那個教練想的，都還是輸贏，他覺得為了不輸球，當然可以這樣做，應該這樣做。可是王貞治在意的，顯然是：打球難道沒有輸贏之外的其他什麼東西嗎？已經勝利在望了，都還不能給自己空間去追求一些其他的東西，例如體貼、善意、尊重對手的心情嗎？

比賽會有輸贏，參加比賽不可能完全不在乎輸贏，但輸贏不是一切，輸贏不應該是一切。要是把輸贏看做一切，那麼，比賽的過程就純粹只是通往輸贏的手段而已，沒有了自己本身的價值，一旦輸了，就好像連參加的意義都消失了，這樣的生命多浪費、多可怕！

我們以前學「運動家精神」，背得最熟的口號是「勝不驕、敗不餒」，然而這樣一句話，也都還是落在「勝敗」上講。我相信，「運動家精神」真正的關鍵，其實是將運動比賽的過程當做目的，而勝敗只是這主要目的的副產品，這樣一種態度。

為了歷練自己，也為了享受別人的能力挑戰帶來的刺激，所以我們去參加比賽。比賽中透顯、彰示了自我：原來我有本事做到這樣，原來我缺乏能力或毅力或體力做到那樣；原來我可以承受如此的壓力，原來我無法應付那般的情緒……在比賽的特殊情境下，我們得以更精確、更具體地理解自己。更重要的，我們得以突破平常狀態下自己的限制，開發出另一個、潛在的自己。

那當然是要讓自己比平常更好，而不是比平常差吧！如果比賽中，本來會的變成不會了，那幹嘛去比賽？同樣的，如果比賽竟然使我們變成了比平常殘酷、粗暴、惡質、低級的人，取消我們生命中原本擁有的高貴特質，例如同情心、對別人的尊重與善意，那幹嘛去比賽？

「運動家精神」不只在看待勝敗中顯現，更基本的是超越勝敗之外來看待比賽，堅持要讓自己從比賽中成長。藉由比賽變成「更好的人」的價值與信念，才是「運動家精神」的核心吧！

至少我如此相信。當然，我希望在成長的過程中，妳也能從各式各樣、大大小小的比賽裡脫穎而出，不是成為「勝利者」，而是成為具備自然高貴氣質的「運動家」。

在波昂貝多芬故居，
妳看起來突然沉穩成熟多了。

旅行不只是去到了就算了，
我希望將來妳的生命可以豐富到去所有地方，
都有相應的故事讓妳感動、讓妳驚嘆。

罰站都還比去紫禁城好？

在北京紫禁城，妳的臉色愈來愈差。一部分是時間愈來愈接近正午，氣溫持續上升；一部分是因為妳快受不了無聊的感覺了。妳覺得那些宮殿長得都一樣，而且宮殿和宮殿間隔得那麼遠，好像怎麼走都老是走不到。

我試圖讓妳想像當年大清皇帝在位的時候，天還沒亮，太和門外處處點起燈，大臣們紛紛雜沓而來，馬車擠滿了門口。分不同等級，有人遠遠就得下車走路，有人可以騎馬「紫禁城行走」，地位最高的可以乘肩輿直接到太和殿前。昏天暗地中，大臣們找到自己的位子排班排好，等待皇帝早朝。

那麼大的空間，因為有那麼多的大臣。站班站得稍後一點的大臣，往往根本連皇帝的身影都看不到，就算站得很前面，恐怕也聽不見皇帝講什麼話。早朝純粹是儀式，真正要談國政，要降旨，得等早朝後到養心殿再說。

說了半天，妳還是滿臉茫然，我知道妳無法理解、更無法想像那樣的情景。對妳來說，紫禁城仍然是個沒有故事的地方。

不像波昂的貝多芬故居。妳和媽媽找了好久才找到那個地方，妳一進去就對每樣東西都有興趣。原來貝多芬過這樣的生活，在這樣的地方生活、寫音樂，包括一些妳彈奏過的早期作品。好幾天妳一直好奇地問我：貝多芬家裡是不是很窮？他後來有變富有些嗎？他和王公貴族的關係到底怎樣？

還有法蘭克福的歌德故居。妳專心聽著語音導覽，看每一個房間、每一件家具，不時湊過來指給我看妳發現的特別東西。「原來歌德住這樣的地方。」妳點點頭說。

那些地方有妳能理解的故事，有妳能想像的人。顯然紫禁城沒有，所以妳愈走愈累，愈走愈沒精神。

回到臺北，坐在車上，我和媽媽在前座講起有些大老闆會把員工叫去罰站，妳在後面笑了，說：「啊，我以為只有小孩才會被罰站。」一秒鐘後，突然又補了一句：「可是罰站都還比去紫禁城好。」

太誇張了，用這種方法表達妳對紫禁城的疲累感覺。不過，從某一個角度看，卻也不無道理。去到一個名勝古蹟，不管別人覺得再怎麼偉大、了不起，如果那裡沒有故事，沒有可以感應、想像的內容，那麼所有旅途上耗費的精神心力，就真的很像是懲罰了。

我希望在長大的過程中，妳能夠不斷開拓、增加自己能有所感應的故事，那樣妳才有辦法到不同地方享受旅行的樂趣。旅行不只是去到了就算了，還應該要有在那裡找到能給予我們生命感動的理由，不然旅行就不會是一種享受了。

京都有京都的故事，巴黎有巴黎的故事，紐約有紐約的故事，當然北京有北京的故事。我希望將來妳的生命可以豐富到去所有這些地方，都有相應的故事讓妳感動、讓妳驚嘆，去到任何地方都不會再像罰站一樣痛苦了。

妳不喜歡抹煞自己去討好別人，
但是有個性地活著，需要勇氣，更需要智慧。
體貼和個性如何在身上並存，都是妳的生命之光。

體貼與個性間的平衡

去北京那幾天，和當地人說話，尤其是搭車對著計程車司機說話，我很自然會帶上當地人的口音，總覺得那樣比較容易和人家溝通。

妳一聽到我裝出來的京腔，就受不了，一定要抱怨：「不要這樣講話啦！」有時還動手動腳，直接就打我肩頭，以示警告、抗議。

不能這樣講話，那怎麼講？看妳對這件事那麼在意，我忍不住就逗妳，故意反其道而行，對著妳講很誇張、很土的「臺灣國語」。妳聽了大笑起來，樂不可支，那幾天想到就命令：「說臺灣國語啦！」而且毫無例外，只要我誇張臺灣國語的口音，即使是妳已經聽過幾十遍的句子，妳都還是哈哈大笑。妳最喜歡的句子，顯然是我故意假裝小心翼翼地低語：「這樣講臺灣國語，會被人家欺負啦！」

在飯店裡，我起得早，妳和媽媽還在睡。窗外偌大的體育場上，有人很早就集合練習運動會的進場行列式，一個整齊排列的人陣要舉起一面很大的布旗通過司令台。我想著，到底妳討厭什麼，又樂什麼？

對著司機說出的京腔，不是平日我講話的方式，然而那種帶著強烈滑稽感的臺灣國語，也不是我平常會講的啊？同樣都是裝出來的，為什麼一樣讓妳如此受不了，另外一樣卻逗得妳高興，還一而再、再而三要聽？

我想出了一個簡單的道理。因為妳敏感地察覺到：在滿街都是京腔的環境裡，我的改變為了掩飾自己是個外地人，意圖讓自己消融在那個聲音背景中。或許妳也察覺了，這樣的做法中帶著一種自我保護的不安，對自己外地人身分的不安，連帶地，也就必然有需要用熟悉口音討好當地人的用意。

這是妳不喜歡的。妳不喜歡抹煞自己去討好別人，妳不喜歡任何刻意討好別人的做法。在北京講京腔，和在北京講臺灣國語，意義大不相同，一個是遮蓋自己，一個是誇張異質，突顯與周遭的差異。

看著還熟睡的妳，我心中有種驕傲，卻也不免有憂慮。驕傲和這樣有個性的女兒日夕相處，妳已經會提醒我不能隨意出賣自己的個性，顯然將來妳也不會輕易從眾，不會變成一個面目模糊、跟大家都一樣的人。然而，也正是在這件事上讓我不免憂慮。有個性地活著，需要勇氣，更需要智慧。在從眾壓力之前，依然堅持自己的特色，非得勇敢不可，不過光靠勇敢還不夠，暴虎馮河地不顧一切就是不跟別人一樣，一不小心就成了獨斷、霸道的人，失去了以同理心體貼對待別人的善良。體貼和個性如何在身上並存，都是妳的生命之光，那就需要高度智慧的理解與選擇了。

妳們該起床的時間到了，我俯身在妳耳邊用臺灣國語說：「起來起來，要去爬長城了！」

當一個人的信念和社會的標準答案不同時，一定會遭遇難題。
我該如何教我的小孩呢？
要他接受標準答案，還是接受我的獨立判斷？

獨立判斷或標準答案？

二十多年前，當然還沒有妳，甚至還沒有認識妳媽媽，我就知道有一天我會碰到這樣的情況，面對我的小孩，感覺到困惑、困擾。

二十多年前，在一本雜誌上讀到了柯旗化夫人的訪談內容。柯旗化寫的《新英文法》，是我國中讀的第一本英文文法書，對我學英文有莫大幫助。長大之後才曉得，他的《新英文法》竟然是在獄中寫的，他是因為發表了政治言論批評政府，而被關的。

柯太太必須自己將小孩帶大。她說，那過程中最難的，是如何對小孩解釋爸爸坐牢這件事。應該出於內心信念告訴他們：爸爸沒有做錯事，是政府錯了，把他捉去關的才是錯誤的一方？然而如果這樣說，讓小孩不尊重法律，對政府與社會抱持敵意，會不會使得小孩和別人都不一樣，無法適應，甚至遭受歧視與懲罰？還是應該屈服於強勢的社會價值下，告訴小孩：爸爸做錯事了，所以才被關？可是那樣的話，小孩還如何尊敬、尊重爸爸？他們又如何處理爸爸是「罪犯」帶來的壓力與自卑感？

很難很難的問題。卻是當一個人的信念和社會的標準答案不同時，就一定會遭遇的難題。我很清楚自己的信念，在很多地方都和一般看法格格不入。我個人在立身處世上，可以感到很堅定，獨立思考、獨立判斷，可是我該如何教我的小孩呢？要他接受標準答案，還是接受我的獨立判斷呢？

儘管二十多年前就意識到這問題，儘管我現在碰到的情況和柯太太相比，多麼瑣碎、微不足道，但真正碰到時，我還是覺得極度地困惑、困擾。

妳考我：「『巴洛克時代』在哪一年結束的？」我說「巴洛克時代」不會剛剛好在哪一年結束，「時代」只是我們方便拿來描述風格變化的觀念，不會有從哪一年開始、哪一年結束的精確截斷。妳把課本和考卷拿給我看，課本上說：巴哈在一七五〇年去世，結束了「巴洛克時代」。所以考卷上問：「『巴洛克時代』在哪一年結束？」就應該要回答「一七五〇年」。

妳開玩笑地警告我：「這種事都不知道，還敢亂寫文章！」我只能苦笑，不知該如何表達內心的矛盾掙扎。我該假裝同意這個答案，讓妳可以安心在考試時理所當然填寫標準答案，獲得高分？還是我該誠實地告訴妳，歷史、音樂史不能用這種方法學習，對妳指出老師的題目與答案犯了多少邏輯上的基本錯誤呢？

我該冒著講不清楚的風險，使妳在考試中混淆不清而無法明確答題的風險，堅持我的知識立場？還是我該冒著讓妳從此留下錯誤歷史觀念的風險，讓妳採取不在意真實只在意標準答案的態度的風險，保持沉默，假裝接受「一七五〇年」的答案？

這還真難選擇。我沒有辦法做出明確的立場選擇，只能含糊地說：「唉，本來就有很多事是我不知道的啊！」

去北埔農園自己動手做的竹蟬。
一共做了三個，
其實已經不記得到底哪個是妳做的了。

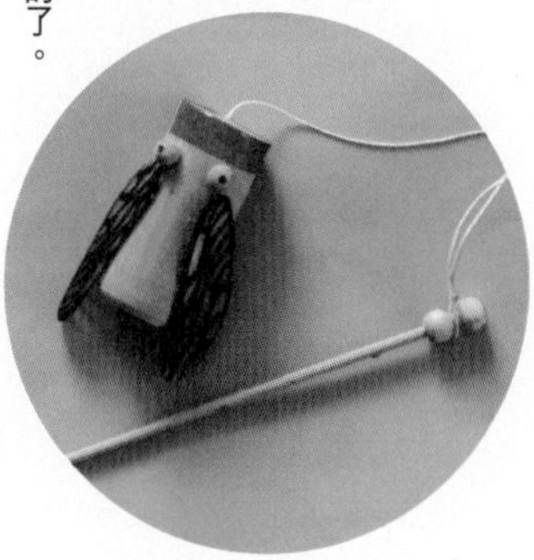

不論是進度或比賽成績，
大幾個月的小孩比較容易取得高一點的成就，相對就有比較穩固的自信。
成就感與自信，正是點燃熱情的關鍵力量。

三分之一是天蠍座

進入十一月，妳開始反覆數著班上同學的生日。連續三天有三位同學過生日，中間空一天後，有另一位同學過生日，再過兩天，就換妳過生日了。

班上二十八位同學，竟然有超過三分之一是十一月出生的；或者也可以換另一種算法，有超過三分之一的同學都是天蠍座的。

看起來，好像還真讓人不能不相信星座的影響。大部分星座書上都會明確地說：天蠍座很有舞台天分，他們喜歡舞台，樂於表演，享受掌聲。也許就是這種星座特性，使得你們音樂班有那麼多天蠍座的小孩？畢竟你們學音樂的過程，演奏佔了很重的分量，而演奏是一種表演，要學會在舞台上將音樂準確、有效地傳遞給聽眾。

不過，除了星座的影響之外，或許還有別的。美國一位我很喜歡的作家 Malcolm Gladwell 曾經敏感地發現，美國職業冰球球員一半以上是一、二、三月出生的。他沒有特別往星座的方向去尋找解釋，而是去調查這些球員成長過程中的經驗，看有什麼關鍵因素，讓他們選擇成為冰球球員。

他發現，這些冰球球員中，很多都是小時候就顯現了溜冰的特殊才能，可能五、六歲之前就開始溜冰，具有群體的溜冰經驗。整理這些材料，Gladwell 得到了一個有趣的結論：這些人的表現，和他們在年頭出生有密切關係。他們是同年齡中最大的小孩。

幾個月的時間，在小時候可以差很多。美國的學制，是以出生年分做級別區分的，換句話說，一個班上最大的是那年一月出生的小孩，最小的是同年十二月出生的。如果是五、六歲的小孩，這將近一年的差距，其實會很明顯反應在成長上。年頭出生的小孩，能力明顯較強，接觸像溜冰這樣的運動，他們會學得比較快，也會表現得比較傑出，因而取得了比較強的自信，而成就感與自信，正是讓他們維持對溜冰、冰球熱情追求的關鍵力量。

臺灣的學制分級和美國不同。我們一個年級中，最大的是九月出生的，最小的則是第二年八月出生的。你們同學一般都是五、六歲開始學習樂器，也通常和同年級的小孩比較學習進度與成果，那麼比別人大幾個月的小孩，當然就比較具有優勢了。

不論是進度或比賽成績，大幾個月的小孩會比較容易取得高一點的成就，相對就有比較穩固的自信，也就比較不會因挫折而放棄。依賴成就感和自信來點燃熱情，創造更高的成就與更大的自信，畢竟是放諸四海皆準的人類通則啊！

班上同學都集中在這段時間過生日，這應該也是部分原因。當然，這原因無法解釋為什麼九月、十月出生的孩子少於十一月出生的。那，大概還是不能排除星座塑造的特殊個性吧？

妳最熟悉的圖像——黑白琴鍵，
即使是北京「七九八」藝術區的假琴鍵裝置，
都讓妳覺得很自在。

我很慶幸，打人和被打兩邊的感覺我都嘗過。能夠設身處地，站在對方的立場著想與感受，是再重要不過、指導我們在生活上少犯錯的原則。

沒有打架，只有打人和被打

那天妳突然問我：「你小時候有沒有打架？」我笑著回答：「沒有。」正如我預料的，媽媽在一旁瞪了我一眼，說：「怎麼會沒有！」

我解釋：「真的沒有打架，只有打人和被打。對方人比較多就被打，我們人比較多就打人。我因為練短跑，跑得快，所以被打的時候少一點。」

雖然少，但絕對不是沒有。例如有一次，從行天宮圖書館出來，要走路回家，竟然就在長庚醫院旁邊冤家路窄碰到三個大同國中的，跑來不及，硬是被堵在醫院後面垃圾桶邊，書包被扯掉了，一個跳起來用腳踹我肚子，另一個打我耳光，還好我趕緊先摘掉了眼鏡。前後大概只有一、兩分鐘吧，他們口裡叫著：「新興國中的，嚣張什麼，打給你死！」旁邊店家有人出聲喊：「幹什麼！」喊得很大聲，那三個人嚇了一跳，本能地就散開了。

還好，不算打得嚴重，可是接下來回家的路上，我身體一直發抖，抖得很厲害，總覺得下一秒鐘，那三個人會再竄出來堵我。短短一段路，卻好像怎麼走都走不到。

事實上，後來收了心，不再參與這種打來打去的事，很大一部分就是因為我自己被打過，一直記得被打的感覺，那種恐懼害怕的感覺，於是就算換成我們打人，我都很難從中得到什麼快樂。我會從被打的人的表情動作，回想起自己被打的記憶，原來我也是那麼可憐、那麼悲慘的。

那一點也不好玩。如果不好玩，沒有樂趣，幹嘛要繼續做這種事呢？打人或被打，都沒有什麼英勇的，生活中的真實是如此，並沒有想像中那種打架打個輸贏的豪氣。當我們動手時，通常早知道誰輸誰贏了，如果雙方勢均力敵，不曉得會是誰打人誰被打，反而不太容易打得起來。

這就是為什麼我堅持「沒有打架，只有打人和被打」的原因。打人的時候，很容易覺得自己英勇得很，還可以把各種不如意發洩出來，是滿有吸引力的。但如果立場倒過來，換成被打，那就不好玩了。不只是被打的時候不好玩，甚至就連打人這件事也變得不好玩了。

最愛打人的，是那種沒有被打過的。他們還沒有機會了解打人時對方的感受，所以打得很起勁，還能從中得到樂趣。

我很慶幸，打人和被打兩邊的感覺我都嘗過。我明白為什麼會想打人、欺負人，我更明白被打、被欺負時有多痛苦。一個要打人的人，出手時如果會想到被打的人的感覺，他八成就出不了手了，這是我自己得到的教訓。

所以為什麼能夠設身處地，站在對方的立場著想與感受，那麼重要。所以為什麼我經常問妳：講這樣的話，妳有想過聽話的人會怎麼想嗎？做這樣的事，妳可以體會對方的感受嗎？

這對我來說，是再重要不過的、能夠指導我們在生活上少犯錯的原則。

第一次自己手拿相機拍照，很有成就感，雖然那時連乳牙都還沒長齊。

小時候的閱讀經驗，
讓我得以更細膩地觀察這個世界。
我希望妳也能在年少時養成廣泛閱讀的習慣。

印證《天地一沙鷗》

松島是日本宮城縣海邊的度假勝地。從仙台搭東北本線的火車前往，東北本縣車廂上，一律塗上紅綠橘的條紋，讓人立刻聯想起「7—11」便利商店的識別顏色。我們開玩笑說：「搭上『7—11』專車了！」談笑中，火車進了又出了山洞，眼前突然開闊，展現出海天碧藍。海上散布著大大小小的岩石島嶼，車行每一秒風光景色隨時變化，哇，難怪松島被列為「日本三景之一」。

第二天，我們搭船出海，在兩百六十多個沿海島嶼間繞行一圈。碼頭旁邊的海面上，密密麻麻浮游著大批海鷗，一旦有船隻要離港，海鷗就驚擾起飛，緊緊隨船，甚至穿入船中，蔚為奇觀。

海鷗的行為，原來是長期被訓練出來的。船上有賣類似「蝦味先」般的零食，乘客買了零食，在船尾用零食餵海鷗，海鷗當然蜂擁而來了。海鷗有著先天優異的眼力，不只從船裡丟出去的零食，牠們可以快速從海面叼食，甚至可以準確地叼走乘客手中的零食。

於是，乘船多了一項樂趣，可以將捏著一條零食的手長長伸出去，看海鷗突然從天而降，瞬間將零食叼走，並用鏡頭捕捉那神奇的畫面。

開船的前十分鐘，大家都忙著在餵海鷗，甚至忘了要看周遭的壯麗風景。餵了一陣子，妳乾爹先注意到：那些從天而降成功地自人手上叼走零食的，幾乎都是大鳥。雖然也有很多體型較小、年紀較輕的鳥跟在船後飛翔，可是相對地，牠們似乎很少來搶食乘客捏在手上的食物。

我仔細觀察了，發現海鷗要跟船飛行很容易，但若要貼近船隻，尤其要能在船隻快速航行移動中，準確地俯衝下來，準確地將食物叼走又快速飛離，卻很困難。我看到許多海鷗一而再、再而三被海風吹開，也看到許多海鷗在要下降的瞬間，被氣流扶昇上去，還看到許多海鷗衝下來，卻在很接近食物時，為了不至於撞上船而被迫轉彎飛離。

我理解了：這不是一件理所當然的事。需要強壯的翅膀，需要靈敏的反應，需要高超的飛行控制，可能還需要長久的經驗，一隻海鷗才能完成那一瞬間叼走食物的動作。難怪那些還沒有完全成熟的年輕海鷗，做不了這樣的動作。

之後我們的船轉向了，剛剛好頂著風航行，不管乘客再怎麼熱情急切地將捏著食物的手伸得又直又長，都沒有海鷗飛下來了。不是牠們不來，是牠們來不了，風太強了，超過牠們飛行控制的極限。

同時我也理解了：我之所以如此觀察，是因為小時候我讀過《天地一沙鷗》，一本以海鷗為主角，描述海鷗如何精進飛翔技巧的奇特小說。雖然經過了那麼多年，《天地一沙鷗》的閱讀經驗，還能在我完全沒有想到的情況下，幫助我產生對海鷗不同的認識，讓我得以更細膩地觀察這個世界。這真是件美好的事。

我決定回臺北後，要找《天地一沙鷗》給妳讀讀。更重要的，我希望妳也能在年少時養成廣泛閱讀的習慣，累積未來和這個世界發生更多細膩關係的能力。

我們依賴很多假設來過生活，憑藉這些假設來準備未來，依賴久了，不小心就會忘了假設有可能會在瞬間被推翻，我們終究還是要面對現實與事實。

那瞬間消失的美景

我們本來說好，明年再去走一趟日本旅程的。仙台、松島、銀山、藏王，這四個地方，都給我們留下了美好記憶。我的手機開機畫面，這一段時間裡，一直是松島清晨推開窗看到的一片海面雪景。

一個多月前，從日本回來，想著再訪這些地方時，如果有人跟我們說這些美景有可能消失不見，我們一定認為是荒唐胡扯。但現在，荒唐胡扯的內容變成了事實，悲涼的事實擺在我們眼前。

日本地震、海嘯到核災的浩劫，就發生在我們剛去過的東北地區。核電廠所在的福島，在我們從仙台返回東京的路上，一度我們考慮也要在那裡過一夜，順便到周遭走走看看。而松島就在海邊，回想那天中午坐在面海的餐廳裡吃著美味牡蠣的情景，我感覺好像可以看到海嘯的黑色大浪，即將襲來的那個瞬間，巨觀且恐怖的模樣。

那一間餐廳，大概很難倖存了吧，但那些曾經服務過我們的人，他們能夠及時逃出嗎？我們哀傷地討論著。還有，我們在松島住的旅館「小松好風亭」，有可能躲過震災與海嘯嗎？我們曾經走一段上坡路回到旅館，當時覺得那段路很長，現在卻衷心希望路段更長些，這樣就表示旅館在比較高的位置，或許就有比較高的機率，在災後倖存。

好幾天，我們關心搜尋著松島的消息。新聞上有東松島市的傷亡數字，卻找不到松島本身的明確情況報導。只能盡量往好處去設想，想松島的地理位置在海灣灣底，海岸線前面有兩百多座大小島嶼，會不會因此延宕、抵銷了部分的海嘯威力？

翻查新聞的過程中，意外發現一小段關於藏王的報導。藏王最有名的奇景「樹冰」，是依靠藏王的特殊地理環境與風向才有的，地震造成的地形變動，很可能會使得今年沒有了「樹冰」。藏王遠在山形縣，離海有好幾百公里之遠，竟然都會受到這麼大的影響！

再想，要是藏王有那麼大的地理變化，誰又有把握同樣在山形縣的銀山溫泉，可以保持不變呢？只要地層結構一點點的挪移，溫泉的出處、溫度、泉質立刻就不一樣了，沒有了溫泉，銀山那條具備歷史風采的小街，還能繼續存在嗎？

不過就是一個月的時間，我們當時理所當然信賴會一直存在的歷史名勝，會永遠存在的自然景觀，竟然就全盤改變了。這讓我想起十多年前，看到「九二一」大地震「走山」現象，整個吞沒、毀滅了原本存在的村落，那種驚駭失落的經驗。我們依賴很多假設來過日常生活，憑藉這些假設來準備未來，依賴久了，不小心就會忘了這些假設只是假設，在妳眼前明明白白呈現了：假設有可能會在瞬間被推翻，我們終究還是要面對現實與事實。

伴妳成長，為妳記得的幸福

人的影像與自己之間的關係是什麼？
我們希望別人如何看見自己？
這些問題開始在妳心中打轉了，拍照原來還可以有如此的成長意義。

要拍出什麼樣的照片？

六年級才開學沒多久，你們班上就比別人都早，有了畢業的氣氛。明年三月，你們會有盛大的畢業音樂會，正式的音樂會要有精美漂亮的節目單，節目單上要有大家的彩照。慎重其事推算過程所需的時間，你們從十月底就開始安排大家進攝影棚，拍攝美美的沙龍照。

這一段時間，妳經常處在興奮狀態中，不容易靜下心來。同學們陸續排了時間去選禮服、改禮服、拍照、選照、拿照片。妳關心著、好奇著，當然也就猜測著妳自己的沙龍照會照成什麼樣子。

我好奇地問妳：「妳希望拍成什麼樣子？」「當然要很漂亮！」妳毫不猶豫地

回答。

我又問：「可是如果拍出來的照片很漂亮，但是不像妳，怎麼辦？」這回妳沒那麼快回答了。的確，妳手上拿的前年音樂班節目單上，有一個媽媽認為最漂亮的學姊，妳告訴我們：「可是那一點都不像她，我們大家都幾乎認不出來那是她！」一定會有這種情況啊，那怎麼辦？

想了一下，妳說：「我覺得還是要像，至少同學要能看得出是我，不然我們找林志玲去拍，然後說那是我不就好了！」說完自己呵呵笑了起來。媽媽糾正妳：「如果是那樣，哪還需要找林志玲來拍，隨便用她任何一張照片放上去就好了。」「那說不定還能找到比林志玲更漂亮的。」結果，話題變成妳和媽媽熱切討論林志玲到底漂不漂亮、有多漂亮了。

照片拍好了，我們一起看著電腦選片，照片很好，妳鬆了一口氣。唯一不滿意的，是照片裡妳的右眼明顯比左眼小。妳困惑地問：「平常你們看到我也是這樣嗎？」「不會那麼明顯吧！」我說。妳繼續問：「那為什麼照片看來會跟平常不一樣？」「因為平常我們是在動態中看著妳，妳臉上有表情，整個人有動作，照片卻是把人凍結起來變成靜態的，所以感覺就不一樣了。」

妳想了想，提議說：「應該可以讓他們幫我修片，把右眼修大一點，反而會比較像大家平常看到的我，對不對？」我肯定地說：「對啊！應該是這樣吧。」妳放心了，既可以修片修出妳自己比較喜歡的樣子，又不會讓那模樣不像妳。

你們這一代，從小就活在複製影像裡，數不清到底拍過多少相片，看過多少次相片中的自己。正因為太多太尋常了，你們就不太可能認真看任何一張相片，也不太可能認真思考相片影像和真實之間的關係。

這樣一次鄭重其事的拍照經驗，顯然讓妳不得不思考了。相片裡顯現的到底是什麼？人的影像與自己之間的關係又是什麼？平常自己在別人眼中是什麼模樣？我們希望別人如何看見自己？……

我在妳眼中看到一些新的困惑，我知道這些問題開始在妳心中打轉了，拍沙龍照原來還可以有如此的成長意義。

沙龍照不太像現在的妳，或許是未來的妳提前現身了？

我不可逃避的責任，是支持妳、幫助妳去追求妳自己選擇的幸福，
在妳的高興中得到我最大的滿足與安慰。
那是很多年之後的事，但我願意早早就這樣對妳承諾。

那一天，我不會哭的

藉著妳畢業音樂會需要拍沙龍照的機會，我們順便拍了「全家福」相片。說「全家福」，其實也不過就是三個人，但過去還真的不曾如此鄭重其事地一起拍照過。妳拍照時穿的最後一件禮服，是全身純白的長裙。化妝師一時興起，順手拿了一塊小白紗別在妳頭髮後面，哇，看起來簡直就像是要拍婚紗照的新娘。

看到妳的造型，攝影師邊拍邊說他遇過的事。前幾天，一個新娘拍婚紗，順便找了家人一起來拍全家福。拍得很順利，每個人都笑得燦爛，簡直就是幸福家庭的典範。攝影師一邊拍，一邊順口說：「好棒啊，女兒要結婚了，一定很高興吧！」

沒想到，他話語才落，鏡頭中就看到做爸爸的臉色變了，隨即兩行清淚從爸爸眼中流淌下來。

攝影師回頭嘲笑我：「女兒要出嫁時，你也一定會哭喔！」我堅決地搖搖頭，說：「一定不會。」攝影師不相信，說：「說大話比較容易啦！」妳媽媽也在一旁敲邊鼓取笑我：「現在逞強，到時候一定哭得稀里嘩啦。」

我只能無奈地繼續搖搖頭，不能說什麼，因為顯然再說什麼他們也不會相信。但我心底真的很明白，到了那一天，我不會流淚的。

絕對不是為了逞強，我從來不認為哭是軟弱的表現，更沒有「男兒有淚不輕彈」的價值觀念；而是因為我對於做爸爸角色的認知與堅持。我相信我不可逃避的責任，是支持妳、幫助妳去追求妳自己選擇的幸福。我要做好一個稱職的 helper，而不是一個決定妳該如何做、如何選擇的 commander。婚姻，是多麼重要的選擇，要長期活在那份婚姻關係裡的，不是我，不是妳媽媽，而是妳自己。所以最重要的，是妳確信自己的選擇，是妳對於幸福要有信心。

沒有人為了追求痛苦去結婚的吧？站在做父親的立場，我該做、能做的，就是讓妳知道，只有在一種情況下，妳會選擇和另外一個人長期共同生活——因為那樣可以給妳帶來更大的快樂，妳之前和我們生活、自己一個人生活所不曾體驗過的快樂，不然妳大可以不必做這樣的選擇。

如果我盡到了我的責任，如果我做好了我該做的事，那麼妳將是帶著高度的期待，喜孜孜地準備結婚，妳的快樂一定會感染我，妳的快樂將會抵銷我的捨不得。不，我不會哭，我會和妳一起高興，在妳的高興中得到我最大的滿足與安慰。

我知道，那是很多年之後的事，現在想實在太早了。但我願意早早就這樣對妳承諾，讓妳知道我真正相信的，而且我確定自己真的可以做得到啊！

那天我在中山堂拍照，拍到一半，妳出現了，攝影師說：「女兒來了，笑容就變自然了。」

父母盡量給你們「不俗」的名字，
卻無法保證你們將來真正就能成為「不俗」的人。
最關鍵的，是你們能否有自己的主張主見，全心全意投入自己的追求。

在特別的名字背後

妳和兩位同班同學一起開聯合音樂會，在東吳大學的松怡廳。為了做宣傳單和海報，乾爹特別幫妳們寫了漂亮的書法字，寶琴阿姨幫忙設計畫面。傳單出來了，真的好看，上面列著妳們三個人的名字：「李其叡　黃詠雩　蔡昀玓　聯合音樂會」。

我原本沒有多想，但是開始發傳單，幾乎每個拿到傳單的朋友，都有同樣疑惑的反應：「這幾個名字怎麼唸啊？」妳的「叡」、詠雩的「雩」、昀玓的「昀」和「玓」，很少有人可以馬上唸出來，不用多想一下的。

「這是故意給我們國文考試，還是怎樣？」一個朋友故作不滿狀地開玩笑說。

當然不是故意的。但是想想，這樣三個名字，會都有難唸難認的字，倒也不純粹是偶然，至少後面反映了我們這一代做父母的一番心情。

不希望小孩有太大眾、太通俗的「菜市場名」，小孩一出生，就費心要給他們獨特一點的名字。一方面要獨特，一方面卻又不能不「寧可信其有」納入傳統姓名學考慮，算定「吉祥」的筆劃，再從符合筆劃的字裡去找。要跟別人不一樣，很自然就會用上了比較冷僻的字。

會有這種心情，一部分原因來自我們這一代有太多「菜市場名」了。我們的父母，沒有那麼在意幫小孩取名，甚至沒有那麼在意養小孩。他們沒有時間，或許也沒有習慣在小孩身上花那麼多心思，反正過去怎麼養小孩，別人怎麼養小孩，就跟著那樣養。他們會期望小孩優秀，比別人家小孩考試成績好、賺錢多些，卻不會期望小孩要變得獨特。

因而我們這一代的人，常常覺得有所遺憾。覺得自己錯過了成為獨特的人的機會，按照父母、社會的期待，做了一般的人。覺得從來沒有真正發展自己的空間。抱著這樣的遺憾，就很容易投射給你們很不一樣的希望。

希望你們不需要為了自己有一個毫不獨特的名字，而在人群中站不出來。希望你們可以有清楚的自我表現，不用躲在人群裡，做個沒有突出面貌的一份子。希望你們可以留給人家明顯印象，讓人家願意肯定你們。

不過，父母家長盡量給你們「不俗」的名字，卻無法保證你們將來真正就能成為「不俗」的人。在這件事上，有太多光靠名字決定不來的重要因素，其中最關鍵的，就是在成長過程中，你們能否建立起自己的個性，有自己的主張主見，勇於下自己的判斷，並且全心全意投入自己的追求。

一個沒有個性的演奏者，技巧再好，演奏再準確，都不可能成為一個讓人記得的音樂家，當然就更不可能引人喜愛、令人著迷了。反過來，一個有個性、有想法的音樂家，就算他的名字再怎麼通俗，或再怎麼難認難記，別人也都會衝著他的音樂，將那樣的名字牢牢刻在腦中。

妳的音樂會海報
和表演花架，
那個幫妳拉拉大衣
怕妳冷的，
應該就是我吧！

鎮定地面對突發狀況，這種反應比各種樂器技巧更難學習。
我希望妳也能懂得珍惜這樣的態度、這樣的能力，
那一定會讓妳長長久久受用的。

當樂譜掉下來時……

妳們三個人的音樂會，以三重奏演出電影《女人香》主題曲〈一步之遙〉開場。排這樣的曲目，一來是三個人可以一開始就都上場，二來是有一首短小輕鬆的曲子，給來賓可以準備心情進入聆聽狀況的機會，也讓遲到的觀眾不致於錯失比較重要、龐大的作品。

不過這樣的安排，產生了意想不到的問題。三個人都要耗費許多時間準備獨奏曲目，能夠撥出來練三重奏的時間本來就不多了，好不容易碰在一起，當然優先練吃重的《亞倫斯基第一號鋼琴三重奏》。《亞倫斯基一號》很不容易掌握，怎麼可能在演奏會前到達可以讓自己、讓老師放心的地步？而《亞倫斯基一號》還

練不出樣子，又怎麼有時間練習小曲〈一步之遙〉呢？

學習音樂多年，妳們三個人都有了一定的責任感，再怎麼累，我有信心妳們還是會將《亞倫斯基一號》練出該有的水準；相對地，我反而擔心那簡單的〈一步之遙〉，會在忙亂壓力下被妳們忽略了。

我擔心的事，在音樂會當天果然發生了。入口門關上，妳們三個人魚貫上台，接受完滿場觀眾歡迎掌聲後，坐下來開始演奏。到第三小節吧，三種樂器的聲音就有了一點點參差，接著音色該有的呼應變化也錯過了。我偷偷跟自己做了個鬼臉，內心自我安慰：「還好這首曲子很短，一下子就結束了。」

沒想到，在結束前，拉大提琴的蔡昀玓面前的樂譜，突然嘩啦啦地整個掉了下來，她眼前的譜架瞬間變得空蕩蕩的！更糟的是，那最後一段音樂，主旋律在大提琴，如果大提琴沒有了聲音，鋼琴和小提琴是完全無法代替掩蓋的。

我真的替妳們緊張。妳後來說妳也很緊張，閃過該怎麼辦的念頭，但一時也想不出任何辦法來。受到影響，妳和拉小提琴的黃詠雩對音量和樂句處理，都有了些微的畏縮，反而是蔡昀玓沒有表現出任何異常，鎮定、安穩、充滿感情地將那一長串句子，用大提琴豐沛的聲音，背譜演奏到最後。

哇，這意外竟然提升、解救了妳們這首曲子的演出！相形之下，妳們前面出現的瑕疵漏洞，變得不重要了。大家都看到、都記得了昀玓那沉著自信的表情，都聽到、都記得了她那流暢自在的音樂。知道三重奏不會有背譜演出的準備，為妳們捏把冷汗的人，尤其會感動於那化險為夷的場景。

音樂會後，昀玓一度對自己的演奏表現很自責，然而在我心中，光是那掉譜瞬間的冷靜反應，就超越了大部分同年齡音樂演奏者可能具備的演出能力。這種反應，比各種樂器技巧更難學習，在未來人生道路上能夠發揮的作用，也遠遠更加重要。

我真的希望妳也能懂得珍惜這樣的態度、這樣的能力，那一定會讓妳長長久久受用的。

觀眾已入座了，
明亮的舞台等候著今晚的演出者上場。
這時的妳是什麼樣的心情？

給你們最接近專業的演出條件，因為我們相信：
不馬虎的態度是會傳染的，為自己的內在滿足而演奏，
是創造感人音樂的唯一途徑。

堅持品質的一場畢業音樂會

你們的畢業音樂會終於圓滿結束了。週六、週日連續兩天下午，從一點半開到將近五點，班上二十七位同學，每個人表演了主、副修各一首曲目，然後全班一起有三首合唱曲。

畢業音樂會真是慎重其事，幾乎全班的家長都動員了，前後準備時期長達將近半年。先是選禮服進棚拍照，接著設計海報、傳單、節目冊，還要設計布置舞台，而且學校的鋼琴聲音太悶，又要外借好一點的琴給你們用。為了讓音樂會的經費充裕些，還要聯絡音樂教室、樂器行，情商人家在節目冊上登廣告給贊助。

音樂會當天，多少事要處理！你們要換裝、要化妝、要彩排。演藝廳要調燈光、

調音響。錄音錄影工程師要進來架設機器，反覆測試。要有人管門廳的布置，要有人管門口的接待與進出時機，要有人負責印發節目單、販賣節目冊。舞台上還要因應你們演出形式的不同，隨時變化配備，一下子鋼琴蓋要全開，一下子換半開，一下子要有椅子，一下子要推大木琴出去，最後還要排合唱用的架子讓你們站上去演出。喔，還要有主持人照看節目流程。

我被要求去擔任了兩天的主持人。說老實話，本來很不願意站在台上的，總覺得舞台應該就是屬於你們的，幹嘛多一個大人搶什麼鋒頭？不過後來還是心甘情願去了，因為看到整個音樂會籌辦過程中逐漸顯現出來的基本精神，讓我感動，讓我改變了想法。那基本精神是——專業，或說盡量給你們最接近專業的條件，配襯你們的演出。

海報與節目冊是專業設計、印刷的。服裝、梳化是專業的。有一棵真實大樹為主景的舞台是專業的。錄影錄音是專業的。甚至就連管舞台配備，都是擁有多年樂團服務經驗的家長領導五年級學弟妹進行，確保不會有任何失誤。我沒有理由不提供我的專業能力來共襄盛舉。的確，在家長之中，我的主持經驗最豐富，不能推辭。

為什麼要給你們一群十二歲的小孩，這樣的演出條件？因為我們相信：你們會在如此環境的感染下，刺激出一定的責任心，潛移默化願意付出相對的努力，讓演奏的音樂與環境盡量符合。沒有人特別去跟你們炫耀或威脅：「看，給你們這麼好的條件，要是沒演奏好就丟臉了！」沒有。家長們只是用心展示我們對於音樂會的品質堅持給你們看。

這樣就夠了。兩天裡，我認真聽了每一個節目，確證了幾乎每位同學都有超乎平常的表現，和我以前聽你們實習音樂會的水準，不可同日而語。五十多次的演出，甚至沒有出現任何一次明顯忘譜的情況，很多容易忽略的細節都被照顧到了。

這是給辛苦準備的家長，再美好不過的回報。證明了我們的堅持是對的，證明了不馬虎的態度是會傳染的，證明了品味有著巨大的提升力量，更證明了創造感人音樂的唯一途徑——自尊、自重、自信，為自己的內在滿足而演奏。

真好你們學了音樂，能夠在美好的聲音中探索自我，
擁有了超越自己本能生命以外的經驗。
音樂帶來的這種自信、自尊，必然是你們內在長遠的力量。

藏在身體裡的資產

「台上一分鐘，台下十年功。」這話很多人都會講，這道理很多人也都明白。不過明白是一回事，真正體驗感受這句話，是另一回事。

妳和詠雩、昀玓合開音樂會時，來了好多我們的朋友，他們都是從小看著妳長大，也常常見到妳的人。聽完音樂會，每個人來對我和媽媽說的話，除了「恭喜」、「好棒」之外，幾乎都還表達了特殊的驚訝：「怎麼一上台彈起琴來，就變得那麼成熟！」

我跟他們解釋：那是因為妳穿了禮服，甚至還穿上了從來沒穿過的高跟鞋，臉上也化了點妝，看起來當然不一樣。他們不是沒注意到妳外表的變化，有人還看到妳因為不太習慣穿高跟鞋，所以走到鋼琴邊突然頓了一下，臉上有一種很可愛、孩子氣的表情。但他們堅持，讓他們驚訝的不是外表。

而是琴音，是妳彈琴時給人的感覺。琴音裡有一種不像小孩的氣勢，有一種天不怕地不怕的魄力，認真專注、不受打擾、不受影響地彈下去。聽到這樣的形容，我笑了，我說：「那是蕭邦音樂的效果吧！她進場第一首獨奏曲，就是很有氣勢的第三號詼諧曲啊！」

參加你們班的畢業音樂會，兩天來從頭到尾聽完每個人的演奏，我才真正了解朋友們當時試圖要告訴我的。我對妳的音樂太熟悉了，在家裡每首曲子聽妳一遍又一遍練習，因而將其中的「成熟」視之為當然。要在你們班其他同學身上，我才確切感受到那種「轉化」的戲劇性效果。

尤其是我看了你們四年嘻嘻哈哈、打打鬧鬧的模樣，到畢業音樂會的早上，甚至該說到上台前一刻，就算換上了禮服，梳好了頭髮，你們的講話和動作，都還是充滿了孩子氣。

然而毫無例外，每一個人上了台，接觸樂器，發出第一音開始，他就變了，不再是我原來看到的那個孩子，變成了一個專注自信的演奏者。並不是就變成了大人，而是失去了既有的年齡標示，被音樂涵化包圍，在音樂中失去了年齡。

戲劇性的「轉化」，背後就是你們的「十年功」。別以為「一分鐘」很短，如果沒有長期累積的反覆練習，連「一秒鐘」你們也沒辦法在台上待得住吧！

那一刻，我很替你們慶幸，真好你們學了音樂。生命的初期，就能夠在美好的聲音中尋求、探索自我。更寶貴的，生命的初期，就擁有了超越自己本能生命以外的經驗。你們身上有遠超過同年齡小孩的自信與自尊，不管將來你們音樂學得如何、學到哪裡，音樂帶來的這種自信、自尊，卻必然是你們內在長遠的力量。藏在身體裡的力量，是別人無論如何拿不走的、屬於你們的資產。

畢業音樂會上，專心彈奏著蕭邦第三號詼諧曲。（洪聖飛先生 攝）

畢業旅行應該有一點人生階段的紀念意義，
但為什麼單調的遊樂場可以這樣佔據了小孩的遊樂想像，
讓他們失去了對自然與人文的好奇？

取消了的畢業旅行

你們的畢業旅行取消了。妳很失望，老實說，我也很失望，只是我們失望的理由不太一樣。

妳失望，因為妳多麼期待再有機會和班上同學朝夕相處，一起玩很長很長的時間。五年級去宜蘭，六年級去臺中，兩次外埠參觀，妳樂翻了。在外面過夜，你們玩得忘記要睡覺，都還能保持一路清醒的精神，因為實在太興奮了。

我失望，是因為這整件事的過程，以及過程中反映出的小孩和家長心態。負責安排畢業旅行的家長，拿出來的行程，竟然通通都是去遊樂場的，而且選擇的日期，是週間而非週末。我和妳媽媽都很意外，我們想像，畢業旅行應該會有一點人生階段的紀念意義，也就應該有比較濃厚的學習意義吧！藉由畢業的特殊時機，讓孩子們多看、多感受，以前我們的畢業旅行都是這樣設想的。可是，去遊樂場玩各種遊樂器材，能有什麼意義？

另一個問題，週間去旅行，能夠隨行的家長必然少了很多，光靠兩位老師，怎麼帶得動你們？尤其去的地方是很容易讓你們玩瘋了，過度興奮狀態下又很容易出意外的遊樂場！

詢問負責的家長，得到的答案是：行程是旅行社給的，週間去是因為週末的話要加錢，而且旅行社還威脅大家必須趕快做決定，不然就訂不到旅館了。原來，這一切都得聽旅行社的，旅行社決定你們可以有什麼樣的畢業旅行。顯然旅行社是從他們自己方便的角度，絕不是依照給你們最豐富的經驗去考量的嘛！

我趕緊找了「臺灣好」的徐璐阿姨，她立刻另外幫你們排了一份花東知性之旅的行程，去史前博物館，去吃原住民大餐，去參加原住民部落歌唱，走花東縱谷，看山看海……三天兩夜，你們可以和大自然緊密相處，可以感受原住民文化，還可以學習一點臺灣的歷史。而且，以原來的預算，這樣的行程可以週末去。

勉強取得主辦家長的同意，把這份行程和原來的遊樂場版一起給大家選擇。發調查表那天，放學時妳表情矛盾。導師特別向同學推薦花東之旅，她也覺得那樣比較符合畢業旅行的用意吧，可是班上同學卻大部分都想要去遊樂場。

如果大家都這樣選，而且家長也不打算影響小孩，給他們不一樣的旅行經驗，那當然我們也不能再干預了。但我無法掩飾心中的遺憾。為什麼單調的遊樂場可以這樣佔據了小孩的遊樂想像，讓他們失去了對自然與人文的好奇？為什麼會支持小孩來念音樂班的家長，卻不會想要給小孩更廣闊的人文與藝術視野，可以安於任隨旅行社方便擺布呢？

最終，連遊樂場版的畢業旅行也沒有了。週間的行程太少家長能去，兩位老師無法照顧那麼多小孩，她們怎能保證不會出事呢？原本一件好事，就這樣草草收場，我很失望，我真的很失望。

在替自己高興的同時，妳感受到了那些沒有獲得理想成績的同學的難過。妳真的長大了，會以同理心替別人著想，這是我最在意的一種寶貴能力。

收到考試成績單那天

真是緊張煎熬的一天，收到考試成績單的那天。

你們國中音樂班考試，一共要考主修、副修、視唱、聽寫和音樂常識五個項目。除了聽寫、音樂常識兩項，考完之後大家可以討論比對，大致知道自己答題的對錯情況；其他三項，都是由多位評審老師當場打分數決定的，根本無從估量自己大概得了什麼樣的成績。再加上主副修，不同的人選不同的樂器，評審打分數的標準不同，最後卻要按成績一起排名，決定究竟能夠考上什麼學校，這就讓考試結果更加難以預料了。

考前考後傳聞多如牛毛。鋼琴主修還是弦樂主修會打得比較高？管樂副修歷來分數都超高的？弦樂副修再怎麼優秀，分數都不會太高？……不可能不聽到這些傳聞，不可能不在意這些訊息對自己分數的影響，弄得每個參加考試的人都七上八下的。

而且考完試要等整整十天，才會收到成績單。妳知道往常的經驗，成績單會在午睡前後寄到學校，那天一早既興奮又擔心地說：「唉呀，中午有誰睡得著啊！」豈只午睡睡不著，我想上午你們練樂團、上課，大概也都無法專心應對吧？

我對妳有一定的信心，覺得沒什麼好憂慮的，然而畢竟還是將原本排在下午一點半的會議，往後挪了半小時，以免妳知道成績打電話來時，我正在會議中。結果，一直到兩點鐘前，都沒有接到電話。開完會，三點多了，還是沒有妳的電話。快四點，到學校準備接妳放學的媽媽才來電話說：「成績單剛剛送到學校警衛室。」

術科導師走出來到警衛室領成績單，然後一一幫你們拆封，一一登記分數，花了二十分鐘，妳終於拿到自己的成績單。

拿出成績單時，手指在顫抖，看到分數，立刻傳簡訊告訴媽媽，手指都還在顫抖。從電話中聽到媽媽轉述妳的成績，我替妳鬆了口氣，分數挺高的，應該可以考上妳填的第一志願學校。

連我都不免這樣緊張，想見妳這一天還真不好過吧？再仔細思量，雖然我們小時候也經歷過許多大小考試，但還沒有哪張成績單像妳這張那麼懸疑的。畢竟我們在接到成績單之前，大概都對過考卷答案，自己考好考壞，早有個基本的譜，不會那麼無從把握。

下班後見到了妳，聊天的話題當然圍繞著考試成績，班上同學誰考得比妳高，誰又考得不如預期。說著說著，妳突然收起原本高興的表情，憂心忡忡地「啊」了一聲。

「怎麼了？」我問。「我擔心今天晚上有人會在『臉書』上留言說：『終於收到成績單，解脫了！』」你回答。「為什麼要擔心這個？」「因為那樣如果考得不好的人看到了，一定會覺得更難受啊！」

當下，我心裡滿滿是欣慰與感動。原來妳不是為自己，而是為了別人在擔心。在替自己高興的同時，妳感受到了其他人，那些沒有獲得理想成績的同學的難過。

妳真的長大了，妳擁有了我最在意的一種寶貴能力——擺脫自我中心，以同理心替別人著想。這當然只是一個開端，但這樣的開端應該可以將妳引向一條開闊、明亮的人生道路吧！

隨著妳的成長，我們必須將手一點一點從妳身上拿開，
不急著給妳答案，讓妳自己面對考驗。
在做爸爸這件事上，我得要學習新的本事，養成新的習慣。

不變的「爸爸」，變化的角色

那個週末，我過了兩天最悠閒卻也最忙碌的生活。整整兩天，什麼事也沒做，頂多就只跟人家說說話，怎麼不悠閒？然而什麼事都沒做，兩天下來卻覺得比平常都累，完全沒有休息輕鬆的感覺。

妳去參加國中音樂班的考試，我的生活就只剩下開車送妳到考場，媽媽陪妳進去我就負責去停車，停好車後進場等妳，考完了，載妳離開去吃飯或回家，準備下一個考試科目。如是反覆。

沒有什麼好緊張的，我告訴自己，妳一切正常，以平常心應對考試，好得很。

可是，偏偏我就是沒辦法正常地過這兩天日子。拿起書來，看了兩行字，眼睛就花掉了，不曉得到底看了什麼。兩天內能碰到的人，幾乎都是其他考生的家長，聊來聊去也離不開音樂教育與考試的話題。

坐在車上，等妳考完副修科目要出來時，我強迫自己弄清楚，幹嘛這樣心神不寧無事忙？不可能是擔心妳考不好，我很信任妳必定會全力以赴，不論得到什麼樣的成績我都不會在意。過去我自己考試，高中聯考、大學聯考、研究所考試，從來沒擔心緊張過，更沒道理替妳擔心。

那是為什麼？閉著眼睛，聽著雨滴落在車頂、落在擋風玻璃上的聲音，我突然懂了。讓我不安的，不是考試本身，這場考試只是個開端，或說象徵性的開端，提醒了我，未來會有很多很多場合，而且是愈來愈多場合，妳得自己面對考驗，我和媽媽幫不上忙了。過去，我們能照顧著妳、幫著妳；可是未來，我們的幫忙將不再是幫忙，會變成干擾，我們必須將手一點一點從妳身上拿開。

幫不上忙，對我們來說，非但不是省事，還會帶來更大的麻煩。我們絕對不可能不關心，不可能不繼續仔細地觀察妳的反應與處理，不可能沒有我們的想法，然而我們不再能自然地將妳的事接過來承擔，甚至不能隨時介入給妳我們的觀念。

心神不寧的理由，是潛意識裡我知道了，卻在顯意識中阻卻延遲去承認：在做爸爸這件事上，我得要學習新的本事，養成新的習慣。我得重新學習怎麼延遲表達意見的反應，以便讓妳有時間形成自己的意見。我得重新學習怎麼忍耐妳的困惑、為難、徬徨、猶豫，忍耐妳的摸索，甚至妳的錯誤，不急著給妳我的答案、我的做法，因為那樣，妳就不會知道自己的答案、自己的做法是什麼了。

潛意識裡，我知道這不是一項容易的調整，所以在顯意識裡逃避去想它。但不能不想，不能不面對了。要做一個稱職的爸爸，需要隨著妳的成長，改變我的角色。「爸爸」這個稱呼不會改變，可是如果一直用同樣的方式對待妳，原來有用的，很快就會變得無用、甚至有害了。

看到妳和媽媽從考場慢慢走來的身影，我暗暗在心裡給妳打氣，也給自己打氣：準備好做一個青少女，而不是一個小女孩的爸爸吧！

國家圖書館出版品預行編目資料

我想遇見妳的人生：給女兒愛的書寫／楊照著.
-- 初版.-- 臺北市：遠流，2011.08
面；　公分.--（綠蠹魚叢書；YLK21）

ISBN 978-957-32-6822-2（平裝）

855　　100013742

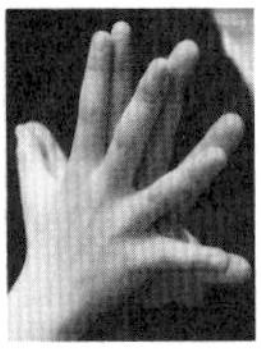

綠蠹魚叢書YLK21

我想遇見妳的人生

給女兒愛的書寫

作者：楊照
圖片提供：楊照
出版四部總監：曾文娟
主編：鄭祥琳
資深副主編：李麗玲
企劃經理：金多誠
行政編輯：江雯婷
美術設計：雅堂設計工作室

發行人：王榮文
出版發行：遠流出版事業股份有限公司
地址：臺北市南昌路二段81號6樓
電話：（02）2392-6899　傳真：（02）2392-6658
郵撥：0189456-1
著作權顧問：蕭雄淋律師
法律顧問：董安丹律師
2011年8月1日 初版一刷
2012年8月16日 初版四刷
行政院新聞局局版臺業字第1295號
售價：新台幣350元（缺頁或破損的書，請寄回更換）

ISBN：978-957-32-6822-2
遠流博識網 http://www.ylib.com
E-mail: ylib@ylib.com